KB131836

THE GAME FANTASY STORY

Prologue

'마스터' 는 믿음을 가지고 평화로운 세상을 위해 악과 싸워이겨내는 이야기입니다.

'블랙홀시티' 와 '화이트홀시티' 는 서로의 적대관계가 아닌 블랙홀은 힘과용기, 그리고 화이트는 순수함과 사랑을 상징하는 평화로운시대 이자 나라를 말하는 것입니다.

그리고 악한 마음과 잘못된 행동, 생각을 고치기 위해서는 '믿음' 이 있어야 한다는 것을 강조하고 느끼게 해주는 감동이 있습니다.

결론은 아란과 휘슬이 시티의 여왕이 되어서 평화로운 세상이 된다는 도전과 희망을 주고 책의 결론이 끝이납니다.

이책을 쓰게 된 것은 어렸을 때 부터 상상하는 것을 무척이나 좋아했던 나는 문득 내가 상상하는 이야기나 세상에 대해서 친구들과 나누고 싶었고 어떻게 하면 될까하고 고민하게 되었습니다. 생각을 하다가 '소설' 로 쓰는 건 어떨까하고 생각하게 되었습니다. 처음엔 글쓰는 것이 자신감이 부족했지만 상상속의 중요한 부분을 수첩에 적어놓는 것부터 시작해 그것을 계속 모아쓰다보니 소설의 큰틀을 잡아 이 판타지소설을 쓰게 되었습니다.

king마스터

우촌초등학교 5학년 홍경종선생님께서 담임선생님이셨을 때 선생님은 우리반에게 '선생님' 대신 '사부님' 이라고 부르라고 하셨고 애들의 개성을 존중해주시는 분이셨습니다.

선생님께서는 제게도 많은 칭찬과 격려를 해주셨습니다. 우리 반카페에 내 소설을 올리기 시작했고 선생님의 큰 격려와 친구들의 주인공들에 대한 많은 관심을 보이고 소설이 어떻게 되는지 궁금해 하기 시작했습니다.

그 관심과 힘이 나에게 마스터를 완성할 수 있게 해주었습니다.

지금 나는 중학교3학년입니다. 나의 꿈인 웹툰작가가 되기 위해 열심히 생각하고 느끼고 공부하고 있지만 초등학교시절 '마스터' 소설을 쓰던 그때의 상상의 시간들과 선생님과 친구들이 그립고 또 돌아가고 싶습니다.

이 책은 나처럼 아름답고 도전적인 세상을 꿈꾸고 상상하는 모든 어린이들과 친구들에게 공유하고 싶습니다.

'마스터' 의 세상은 항상 존재하고 우린 그 세상을 꿈꾼다는 것을 느낀다고...

지은이 **최민지**

과거 마계의 악마들과의 전쟁으로 지구가 큰 피해를 입어 많은 생명들이 사라졌을 때 하늘의 신들은 마계로부터 인간을 지키기 위해 두 개의 시티를 만들었다. 하나는 화이트홀 시티로 순수함과 사랑을 바탕으로 힘을 얻어 마계의 어두움을 대항하는 나라이며, 또 다른 하나는 블랙홀 시티로 힘과 용기를 바탕으로 악마의 무기를 대항하는 나라이다.

각 시티에는 힘을 조율하고 지구의 질서를 수호하는 일곱 명의 지도자 들이 있는데 그들을 "마스터"라고 부르며, 일곱 명의 마스터를 다스리는 최고 지도자를 "킹 마스터"라고 한다.

킹 마스터는 20년 마다 마스터의 후계 중에서 시험을 거쳐 신에 대한 믿음이 강하고 마법의 능력이 가장 뛰어난 사람을 선출한다.

20년 전 어느 날 화이트홀 시티의 킹 마스터인 '휘바' 가 딸을

낳았다.

딸이 태어나는 날 폭풍우가 치고, 번개가 번쩍이다가 하늘에서 천사가 내려오며 축복하듯이 햇살이 아이가 태어난 성을 비추었다.

휘바의 딸은 태어나자마자 마치 휘파람을 부는 듯이 입을 움찔거렸고, 그것을 본 휘바는 딸의 이름을 '휘슬' 이라고 지었다.

휘슬은 여느 아이보다 훨씬 총명하여 15세가 되는 날 대부분의 마법을 익히고 19세가 될 때 마법을 익숙하게 사용하게 되었다. 일반적으로 마법을 능숙하게 사용할 때 까지 40년에서 50년이 걸리는 것에 비하여 정말 천재적인 능력이었다.

휘슬의 20살이 되는 생일 날 휘바는 휘슬에게 편지를 주고 이렇게 말하였다.

"휘슬아, 이제 너도 마스터에 도전할 나이가 되었구나. 마침 올해 마스터 선발대회가 있으니 이번에 출전하여 네가 마스터가 되었으면 한다."

"어머니, 아직 저는 마법을 완전히 제 것으로 만들지 못했어요. 아직도 미숙하다고요."

"아니다. 휘슬아, 너는 이미 모든 마법을 능숙하게 사용하잖니. 너에게 필요한 것은 실전 경험이고, 이번 마스터 대회는 너한테 기회가 될거야.”

휘슬이 어머니의 말을 곰곰이 생각하고 있을 때 돌연 밖에서 커다란 폭발음이 들렸다.

콰콰쾅!!

“엇! 이건 무슨 소리지?” 휘슬이 놀라 소리칠 때 휘바는 잠시 생각에 잠기더니 휘슬을 조용히 쳐다보며 말했다.

“휘슬아. 마계의 군사들이 나를 잡으러 온 것 같구나. 최근에 마계의 움직임이 강해져서 더 이상 화이트홀 시티도 안전하지가 않구나.”

“무슨 뜻이에요? 어머니?”

“지금은 모든 걸 설명할 시간이 없구나. 곧 마계의 군사들이 나를 잡으러 몰려 올 거다. 내가 목표이니 나만 없어지면 너는 안전할 수 있어. 내가 유인할 동안 너는 숨어 있다가 마스터 대회에 출전하도록 해라.”

“어머니, 저는 마스터 대회에 대해 아무것도 몰라요. 전혀 준비가 되어 있지 않다구요.”

“걱정하지 마라, 너를 위해 몇 가지를 준비 했단다. 필요할 때가 되면 자연스럽게 나타 날 거야. 그리고, 내가 간 뒤에 내 침대 밑을 보렴. 너에게 준비한 것이 있단다."

그 때 마계의 군사들이 복도를 달려오는 소리가 들렸다. 휘바는 다급한 목소리로 휘슬을 벽장에 숨기며 말했다.

"한 시간 이내에는 절대 나오지 마라. 무슨 소리가 들려도 꼭 참고 숨어 있어야 한다."

휘슬이 두려운 마음으로 벽장에서 떨고 있을 때 밖에서 우당탕 소리가 나더니 휘바의 외치는 소리가 들려 왔다.

"마계의 잡졸들아, 어디 한 번 따라와 봐라"

잠시 뒤 군대가 밖으로 나가는 소리가 들리더니 이내, 방안이 조용해 졌다, 휘슬은 오들오들 떨다가 아무 소리가 들리지 않자 조심스럽게 벽장 밖으로 나와 주변을 둘러보았다.

"아무도 없네. 어머니는 어떻게 됐을까? 어머니는 강하니까 별일 없을 거야. 참, 어머니가 침대 밑을 보라고 했지."

휘슬은 조심조심 침실로 가서 침대 밑을 보았다. 테두리가 금으로 장식된 기다란 나무상자가 보였다.

"이게 뭐지? 한 번 열어보자"

상자를 열자 상자 안에는 손잡이에 봉황의 무늬가 새겨지고 끝이 뾰족한 봉과 함께 조그만 종이가 있었다. 휘슬은 종이를 펼치고 안에 적힌 글귀를 읽어 보았다.

– 모든 것은 믿음에 달려있고, 진실을 보는 눈과 사람을 사랑하는 마음을 가진 사람만이 킹 마스터가 될 수 있다. –

"이게 무슨 뜻이지? 그리고, 이 봉은 뭘까?"

휘슬이 봉을 잡고 어떻게 해야 할까 고민하고 있을 때 갑자기 봉이 말을 걸어왔다.

"안녕 휘슬. 난 마스터의 미션 봉이야. 15개의 미션이 담겨 있지. 이 미션을 모두 통과하면 마스터가 될 수 있는 것이지. 네가 나를 잡고 '마스터' 라고 소리치면 미션장소로 이동하게 된단다. 지금 미션장소로 갈래?"

휘슬은 모든 일이 갑자기 일어나서 매우 당황스러웠다. 어떻게 해야 할 까 고민하며 침실을 왔다 갔다 하다가 상자를 발로 툭 건드렸다. 상자는 잠시 흔들리다가 뒤집어지고 말았다.

"어? 상자 밑면에 뭔가가 있는 것 같아. '밤, 천장' 무슨 뜻이지? 아무래도 오늘 밤에는 이 오두막에서 머물러야겠어."

"휘슬. 마스터 대회가 곧 시작 할꺼야. 빨리 가야돼"

"잠깐만, 지금의 상황을 정리할 필요가 있어. 마음의 준비도 필요하고."

"하긴, 어차피 지금은 밤이니까 하룻밤 자는 수밖에.."

휘슬은 서재에 앉아 이것저것 고민하다 갑자기 옆에서 비취는 환한 빛에 깜짝 놀라고 말았다.

"뭐지? 이 빛은?"

봉에서 빛이 수없이 퍼져 나왔다. 그러고는 천장에 이상한 그림을 만들어 보였다.

열쇠 모양 빛이었다. 15개의 열쇠모양.

"하나, 둘, 셋,........열다섯. 열다섯 개? 이것은 네가 말했던 미션의 개수와 같잖아! 이 열쇠는 도대체 무엇을 나타내는 것이지?"

"네 말이 맞아. 미션의 열쇠지. 네가 미션을 풀 때 마다 이 열쇠가 사라지지."

"봉!!.....혹시 지금 미션장소로 갈 수 있어?"

"아마도.."

"마스터!"

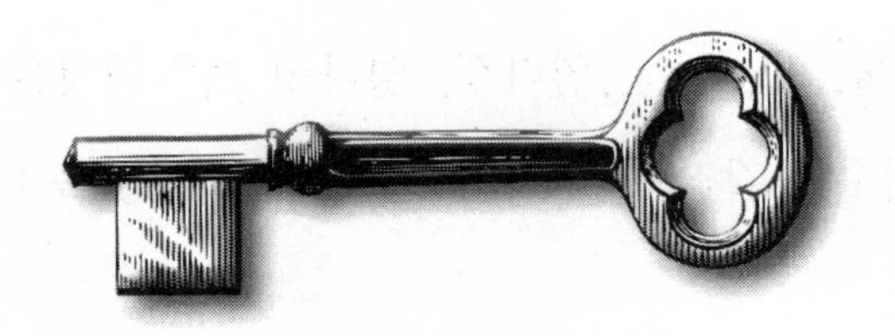

*　　*　　*

눈을 감았다가 뜬 사이에 미션 장소로 와있었다. 그곳에는 가운데 커다란 광장과 이상한 문들이 주변을 빙 둘러싸고 있었으며, 광장에는 화이트홀 시티와 블랙홀 시티의 마스터 대회 참가자들이 우글거렸다.

"휘슬까지 출석 체크 끝!"

까만 안경을 쓴 중년의 여인이 손에 든 노트에 출석 체크를 하며 외쳤다. 마치 선생님 같았다.

"안녕하세요. 제 이름은 크랫마캣 입니다. 이 미션장소의 선생님이라고 할 수 있지요. 자 여기를 보세요. 여러분들이 통과해야 할 미션을 설명하겠습니다."

웅성거리던 마스터 참가자들이 일제히 크랫마캣을 쳐다보았다. 크랫마캣은 여러 명의 시선이 부담스러운지 어깨를 잠깐 움찔거리더니 계속 말하기 시작했다.

"여러분들은 지금까지 제가 본 어떤 후보보다 뛰어납니다. 더

구나 마계의 움직임이 심상치 않아 마스터 대회를 좀 더 빨리 진행하라는 마스터님들의 요청이 있었습니다. 따라서, 첫 번째 미션은 모두 통과한 것으로 하겠습니다. 자, 여러분 저의 손을 똑바로 쳐다보세요."

크랫마캣은 손을 들어 하늘을 향해 둥그런 원을 그리며 외쳤다.

"제1장! 마음의 눈!"

갑자기 크랫마캣의 손에서 환한 빛이 참가자 들을 향해 번쩍였다. 참가자들은 갑자기 밝은 빛이 비춰자 눈을 감았으나, 이내 마음이 따뜻해지는 듯한 느낌이 들었다.
"자, 이제 여러분은 마음으로 볼 수 있게 능력을 갖게 되었습니다. 이제 첫 번째 미션은 꽁짜로 드렸으니 미션 제 2장을 풀어야겠죠? 그럼 시작합니다."

'할리갈루 라하가사 할리갈루 라하가사! 오픈 게이트'

크랫마캣이 주문을 외우자 이상한 문들 중의 하나가 열리고,

문 사이로 파아란 하늘이 보였다. 마치 하늘의 한 가운데에 있는 느낌이었다.

'여러분, 여러분의 봉에 마법가루를 뿌려 줄 테니 겁내지 말고 날아봐요!'

머릿속에서 크랫마캣의 말이 울렸다.

'이제 돌 속에 있는 제 2장의 구슬을 찾아봐요. 나머지는 알아서~~ 홋홋홋!'

크랫마캣의 웃음 소리와 함께 경기가 시작되었다.

"봉! 어디로 가야하지?"

휘슬이 날면서 말하였다.

"아까 크랫마캣이 말한 제 1장을 생각해봐!"

"음.....생각났어! 마음의 눈? 그럼 돌 속을 마음의 눈으로?"

"그거야! 그 말에 집중해봐 돌 속이 보일걸?"

'마음의 눈이라... 마음의 눈.'

휘슬은 눈을 감고 정신을 집중하여 머릿속에 돌의 형상을 생각 했다. 얼마 후 눈을 뜨지도 않았는데 앞이 다 보였다. 돌 속까지 아주 자세하게.

"찾았다!"

휘슬은 기뻐했지만 기쁨도 잠깐. 그 큰 돌을 어떻게 깰지 생각해 내야했다.

“한번 나를 휘둘러서 바위를 때려봐.”

휘슬은 봉의 말이 떨어지기 무섭게 돌을 내리쳤다. 하지만 꿈쩍도 하지 않았다.

하지만 구슬을 얻으려면 돌을 깨야하는 법. 휘슬은 수백 번을 휘둘러 돌을 쳤다.

“아, 아무리 해도 돌이 깨지지 않아. 어떻게 해야 하지? 더 이상 봉을 휘두를 기운이 없어.”

“휘슬, 한번만 더 해봐. 정신을 집중하고 마음의 눈을 사용해서 돌의 급소를 쳐!”

휘슬은 봉이 말한 대로 다시 정신을 집중해서 돌을 노려보았다. 한 참을 노려보다 보니 돌의 정중앙 부분에 미세한 틈이 있는 것을 볼 수 있었다.

“그래, 바로 여기야!”

휘슬이 온 힘을 다해 돌의 틈을 내리치는 순간, 돌이 깨지며 파편이 날아왔다. 반사적으로 팔을 들어 눈을 가리다가 휘슬은 깜짝 놀랐다.

“앗, 봉을 놓쳐 버렸어”

그 순간 휘슬의 몸이 구슬과 함께 바닥으로 떨어졌다.... 아니 떨어지고 있다!

"도대체 내가 얼마나 높이 있었기에 아직도 떨어지고 있지? 이대로 땅에 떨어지면. 으.... 끔찍해!!!"

철푸덕!

다행이 땅은 딱딱하지 않았다. 하지만 이 곳이 어디인지 몰랐다. 마치 침대에 누워있는 느낌이었다. 눈을 떠보니 아까 미션을 받던 광장에 누워있었다!

"괜찮나요? 휘슬양?" 크랫마캣의 목소리였다.

"휴, 다행이다. 아직, 내가 살아 있구나."

휘슬은 가슴을 쓸어내리며 한숨을 쉬다가 갑자기 화들짝 놀라 소리쳤다.

"아! 구슬! 구슬을 안 가져 왔어요!"

"여기 있어!"봉 이였다. 봉이 구슬을 가져 온 것이다!

"와! 어떻게 가져왔어?"

"난 날 수 있거든. 아까 그 마법가루가 아직 다 안 닳았어."

"그렇구나. 참! 크랫마캣, 고마워요."

"나한테 고맙다고 한 것은 네가 처음인걸. 어쨌든 네가 마음에 들었어!"

"네? 제가 마음에 들었다고요? 전 조금 부족하지 않나요?"

"전혀. 넌 부족하지 않아. 구슬도 구해왔잖니."

"그건 봉이 힌트를 줬어요."

"그건 상관이 없지. 그래서 말인데. 너에게만 특별하게 미션을 주마."

"특별하게? 나 혼자만?"

"아니. 봉이랑 같이."

크랫마캣은 깐깐한 모습과 달리 차분하며 따스하게 대해주었다.

조금의 침묵이 흐른 후 크랫마캣이 입을 열었다.

"휘슬, 이제부터 내 말을 잘 들어!"

"네"

"네가 참가하기 전부터 수십 명의 참가자들이 미션에 도전했단다. 그중에 몇 명은 벌써 제4장까지 풀었단다. 너! 그 마스터 참가자들을 앞질러 볼래?"

"네? 벌써 4장까지 미션을 푼 참가자가 있다구요? 저는 이제 2장을 풀었는데 어떻게 앞지를 수가 있죠? 저에겐 무리라구요!"

"…. 아니. 넌 할 수 있어. 내가 도와주마!"

"어떻게요?"

“제 5장까지 구슬이 어디 있는지 답을 알려주마.”

“와! 진짜로요?”

“그럼! 참, 너는 무슨 시티의 마스터가 되고 싶니?”

“화이트 홀 시티요.”

휘슬이 말을 끝마치자 종이 울렸다.

“이 종소리는 무엇을 알리는 종이죠?”

“제2장의 미션 시간이 끝났다는 뜻이다. 이제 모여 볼까..”

‘샤라바!’

크랫마캣이 주문을 외치자 처음에 모였던 참가자들이 미션 장소로 이동해 왔다.

“여러분! 제 2장의 바람의 구슬은 휘슬이 찾아왔어요. 휘슬에게 박수!”

크랫마캣이 휘슬을 칭찬하고 있었다.

“휘슬양. 잘 되었군요. 이제 당신은 바람을 자유자재로 사용할 수 있어요. 제 2장은 공격 구슬 같군요.”

크랫마캣의 말이 끝나자 어떤 아이는 울먹이기도 하고 어떤 아이는 나를 진심으로 부러워하고 있었다.

"여기, 저장수첩을 받으렴."

크랫마캣이 휘슬에게 말을 걸었다.

"저장수첩이 뭐죠?"

"네가 모은 구슬의 이름을 저장해 놓는 것이지. 예를 들어, 제 2장 바람. 이런 식으로. 그 수첩에 있는 구멍에 구슬을 넣으면 저절로 저장이 돼."

"아! 그렇군요. 감사합니다."

"이제 돌아가렴. 하루에 한 개의 미션밖에 못한단다. 내일 밤에 오도록!"

크랫마캣의 말이 끝나자마자 휘슬은 자신의 오두막으로 돌아와 있었다.

"후아~! 피곤해! 어때? 휘슬?"

봉이 물었다.

"힘들지만 꽤 재미있는걸. 어쨌든 너무 졸립다. 우리 이제 그만 자자."

"그래. 잘 자, 휘슬."

"봉도 잘 자."

휘슬은 곧 깊은 잠에 빠져 들었다.

*　　*　　*

'딩동~딩동~!'

다음날 아침 휘슬은 초인종 소리에 잠이 깨었다.

"누구세요?"

"크랫마캣님의 편지입니다. 마스터 참가자들은 모두 받아야 해요."

"아. 네. 잠깐만요."

문을 열자 밖에 곱슬머리의 귀여운 얼굴을 한 소년이 서 있었다.

'어제 본 마스터 후보자군. 이름이 뭐였더라?' 휘슬이 이름을 생각해 내려고 애쓰고 있을 때 그 소년이 편지를 내밀며 말하였다.

"여기 편지 받으세요. 휘슬양 이시죠? 저는 마린입니다. 제크와 함께 유력한 후보자 중 한 명이죠. 하하하"

"으. 자신감이 대단하네. 우리는 모두 동갑인데 서로 말 편하게 하자. 제크란 아이는 누구지?"

"블랙홀 시티의 마스터 후보야."

마린도 어느새 반말을 쓰고 있었다.

"마린, 미안한 말이지만 나도 유력한 마스터 후보자야."

휘슬은 거짓말을 하였다.

'아무리 내가 거짓말을 쳐도 마린은 꼭 이길 수 있으니까.'

휘슬은 꼭 자기가 이길 것처럼 생각하고 있었다.

"뭐라구?! 네가 유력한 마스터 후보자라구? 얼마나 깼는데?"

"제 5장까지."

휘슬은 계속 거짓말을 이어나갔다.

'크랫마캣이 5장까지 답을 알려 준다고 하였으니까.'

휘슬은 걱정한 마음을 담고서도 생각을 했다.

"칫! 난 제 4장까지 밖에 못 깼는데... 오늘은 컨디션이 안 좋아. 이만 가보겠어"

마린은 샘이라도 났는지 문을 쾅 닫고 나갔다.

"거짓말에 넘어가다니. 너무 순진하군 그래, 훗!"

휘슬이 하는 말을 조용히 듣고 있던 봉은 조용히 중얼거렸다.

"이런.. 큰일인걸. 미래도 모르는데 제5장이나 깼다고 하다니. 크랫마캣이 얼마나 도와 줄지도 모르면서."

"어때? 봉? 내 거짓말 완전 환상적이지 않았니?"

휘슬이 말을 하자 봉은 화를 내었다.

"너! 도대체 무슨 생각이 있는 거야! 크랫마캣이 알면 킹 마스터는 끝이야!"

"뭐라고? 크랫마캣이 알면 킹 마스터가 끝이란. 무슨 뜻이야?"

"………"

"봉! 말해봐. 그리고 어떻게 그런 것을 알고 있지? 너 나한테 뭔가 숨기고 있는 거야?"

봉은 내심 당황하며 변명하기 시작했다.

"그건… 그래, 마인이 네가 5장까지 깼는지 크랫마캣에게 물어보면 곤란할 거라는 뜻 이었어"

"아니야, 뭔가 이상해. 어제 놓친 구슬을 네가 가져온 것도 그렇고. 마스터 대회에 대해 너무 잘 알고 있는 것도 그렇고… 혹시…."

"무…무슨. 갑자기 왜 그래. 그게 중요한 게 아니잖아!" 봉이 진땀을 흘리며 변명하고 있을 때 한참을 쳐다보던 휘슬이 갑자기 말하였다.

"그래? 그럼 이번 한번만 넘어가 주지."

"그래. 고맙다. 휘슬."

봉이 안도의 한숨을 쉴 때 휘슬이 창밖을 보며 갑자기 말했다.

"푸요?"

"응, 왜? 앗!"

"후후, 걸려들었군. 너 푸요 맞지? 우리 어머니의 제자 푸요지?!! 말해! 어서!!"

휘슬의 말이 끝나자 몇 초의 침묵이 흘렀다.

"맞아. 나 푸요야."

봉(푸요)의 말이 끝나자 휘슬이 말을 이었다.

"왜 날 도와주었지?"

"너희 어머니로 부터 명령을 받았어. 네가 꼭 킹 마스터가 되도록 도와달라고.."

"..."

"이제부터 봉이라고 부르지 말아줘. 푸요라고 불러줘..."

"알았어."

휘슬은 당당하게 말하였다.

"휘슬.. 어떻게 나의 정체를 알게 되었지?"

푸요가 물었다.

"처음에는 몰랐지. 하지만 어머니가 나를 위해 준비한 게 있다고 해서 이것저것 생각해 보았거든. 특히, 상자에 적혀있던 '밤,

천장' 에 대해서. 옛날에 어머니가 푸요의 별명이 '밤 고양이' 라고 한 적이 있었거든. 밤 고양이는 어두운 밤에 천장에 잘 숨잖아. 그래서 혹시나 하고 넘겨짚어 봤지."

"훗! 휘슬. 한방 먹었는걸!"

"흠.. 칭찬 고맙군 그래. 그런데 솔직히 마린에게도 자존심이 있으니까 말하진 않겠지!"

"하긴 그래.. 어쨌든 킹마스터가 꼭 되어야 해! 휘슬 파이팅!"

"참, 편지내용을 봐야지. 흠. 오늘 밤 12시에 어제 그 장소로 오라는 내용이군. 오늘은 어떤 미션일까?"

"휘슬, 이제 곧 12시야. 일단 한 번 부딪쳐 보자."

밤 12시. 휘슬은 천장의 열쇠 모양을 확인하고 미션장소로 갔다.

"마스터!"

"오~ 왔구나 휘슬."

미션 장소에 도착하자마자 크랫마캣이 휘슬에게 말을 건넸다.

"오늘의 미션은 뭐지요?"

휘슬은 눈을 가늘게 뜨며 말하였다.

"제목으로 따지자면.. '토끼 숨바꼭질!' 이지 호호!"

"제목으로 봐선 모르겠는 걸요?"

“어차피 10분 후면 미션 시작이다. 그때 듣도록!”

뎅.. 뎅.. 뎅..

잠시 후 미션 알림 음이 들렸다.

“휘슬. 이제부터 내 지시대로 해야 해. 자칫 잘못하면 다른 사람에게 넘겨주는 거나 마찬가지야.”

“명심할 께요.” 휘슬은 주먹을 불끈 쥐며 대답했다.

“여러분! 이번에는 흰 토끼를 잡는 거예요. 흰 토끼는 날아다니죠. 이제부터는 여러분들의 봉을 타고 날아 봐요. 제가 어제 미리 여러분들의 봉들에게 에너지를 채웠답니다. 훗훗훗!”

머릿속에서 크랫마캣의 목소리가 울려왔다.

크랫마캣이 말을 끝내자 문들 중의 하나가 열리며 미션이 시작되었다.

“어떻게 해야 되지?”

휘슬이 말하자 어디선가 말이 들려왔다.

“중얼중얼.”

목소리가 너무 작아서 휘슬은 좀 더 집중해서 들었다.

“사탕구름.”

목소리가 말을 하자 휘슬은 하늘을 보았다. 구름들이 많았다.

하지만 무언가가 달랐다. 그 이유는 구름 하나하나씩 모두 모양을 갖고 있는 것이다.

"한 구름은 과자 구름, 한 구름은 빵 구름, 한 구름은.. 사탕구름...?!"

휘슬은 더 이상 말을 잇지 않았다.

"사탕구름은? 아까 그 이상한 목소리가 말해 준 구름이잖아?"

휘슬은 당장 사탕 구름 위로 올라 가 보았다.

구름 위를 보니 토끼들이 있었다. 휘슬이 아무 토끼나 잡으려고 할 때 목소리가 들려왔다.

"동작 그만!"

이제 목소리가 크게 들렸다.

"휘슬, 이 목소리는 너밖에 안 들릴 거야. 그 구름 앞에 음식들 보이니?"

"아. 크랫마캣 이군요. 음식들이... 보여요!"

"음 그렇지. 토끼를 잘못 고르면 넌 이 미션을 못하게 돼. 아마 이 미션 방에서 나가게 될 꺼야. 그러니까 내 말 잘 들어."

"알겠어요."

"구슬을 갖고 있는 토끼는 앞 이빨이 3개야. 알겠니? 기회는 단 한번. 음식도 단 한번. 나머지는 알아서 해. 힌트 다 알려준

거야.”

“알겠어요.”

휘슬은 앞의 상추들을 들고 토끼들에게 먹였다.

첫 번째 토끼. 앞 이빨이 2개이다.

두 번째 토끼. 역시 2개이다.

.

.

.

.

7번째 토끼. 앞니 3개..

“찾았다!”

휘슬은 그 토끼의 귀를 덥석 잡았다.

갑자기 펑 소리가 나더니 토끼가 구슬로 변하였다. 토끼가 구슬로 변하자마자 주위의 환경이 변하면서 광장 한 가운데에 서 있었다. 휘슬은 기쁨의 소리를 질렀다.

“예에~~~~!!”

“그렇게나 기분이 좋니?”

크랫마캣이 순식간에 나타났다.

“아! 고마워요, 크랫마캣!”

“자! 이제 제3장도 통과한 거야. 이 기세로 제5장까지 통과해야지. 휘슬, 내일도 12시에 오렴.”

“알겠어요. 가자 푸요!”

“그래”

휘슬은 집에 오자마자 푸요에게 말을 걸었다.

“푸요. 이렇게 하면 내가 가장 먼저 15개의 미션을 통과 할 거야. 그럼, 킹 마스터가 되겠지?”

“정말 그럴까?”

어디선가 처음 듣는 목소리가 들려왔다.

“푸요! 네가 말한 거니?”

“후후, 바보. 창밖을 보라구.”

휘슬은 목소리를 따라서 창밖을 보았다. 창밖의 나뭇가지 위에 커다란 갈색 부엉이가 앉아 있었다.

“나야. 부엉이. 이름은 부케.”

휘슬이 부엉이를 본 순간 갑자기 머리가 어지러워지더니 주위가 빙빙 돌기 시작하였다. 휘슬이 정신을 차렸을 때는 이미 천장에 거꾸로 매달려 있었다.

“꺄악! 이게 뭐야!? 아! 어지러워....”

휘슬은 머리가 어지러웠다. 그리고 이상한 소리들이 마구 울려왔다.

'끼이이이익! 캬아아~! 야옹.'

휘슬은 소리를 들을수록 힘이 빠졌다.

"하아..하아.. 그만!!!!!!"

휘슬은 소리를 질렀지만 소용없었다. 오히려 더욱 크게 들렸다. 하지만 그 괴상한 소리들 속에서 정상적인 사람 말투가 들려왔다.

'일어나! 도대체 무슨 꿈 인거야?'

푸요의 목소리였다. 휘슬은 푸요의 말을 듣고 점점 힘이 솟았다.

"꿈이야.. 이건 꿈이라구.."

휘슬이 꿈이라는 말을 하자 괴상한 소리들은 곧 멈추었다. 그리고 꿈속에서 간신히 깨어났다.

"도대체 무슨 꿈 인거야?"

푸요가 걱정스런 말투로 말하였다.

"모르겠어. 무슨 부케인가 뭔가 하는 부엉이가 날 혼미 상태로 만들었어. 이상한 소리도 들렸고."

"뭐? 부케? 이런. 큰일 났군."

"왜? 무슨 일이 일어나기라도 하는 거야?"

"휘슬! 시간이 없어. 부케는 마계에 있는 환상의 마법사야. 상대방을 계속해서 꿈꾸게 만들고 꿈속에서 빠져나오지 못하도록 하지. 부케의 마법에 한 번 걸리면 빠져나오기가 어렵다구. 아마도 널 노리고 있나봐."

"왜 부케가 나를 노리지?"

"그거야, 나도 모르지. 하지만 이것 하나만은 확실해. 부케가 왔다는 것은 마계에서 널 안다는 거고, 지금 가장 안전한 곳은 마스터들이 지키고 있는 미션장소야. 우리는 빨리 미션장소로 가야 한다구."

휘슬은 잠시 당황하다가 외쳤다.

"마스터!"

잠시 환한 빛이 비췄다가 사라지자 눈앞에 미션장소가 나타났다.

"어? 뭐지?"

휘슬은 깜짝 놀라 외쳤다. 미션장소는 이상했다. 괴상하고 작은 부엉이들이 날아다니고 그 가운데 부케가 서 있었다. 미션장소의 반이 거의 붕괴 되고 있었다.

"부케!"

휘슬이 부케를 보고 소리쳤다.

“쉿!”

푸요가 아주 작게 경고를 주었다. 그러고는 휘슬의 손을 잡아 바위 밑으로 끌어당겼다.

“이제부터 내 말 잘 들어.”

푸요는 주위를 살피더니 계속 말을 이어 나갔다.

“이제부터는 절대로 부케의 눈을 보지 말고 부케의 소리도 듣지 마. 그리고 아무 소리도 내지 마.”

“그럼 난 무엇을 해야 해? 혹시 싸워야 해?”

휘슬은 입술을 떨며 물어보았다.

“응. 하지만 좀 간단해 나를 휘둘러서 부케를 때려.”

“으..응.”

휘슬은 눈을 가늘게 뜨며 대답했다.

“참! 가장 중요한 것! 절대 부케의 환상에 넘어가지 마. 부케의 눈을 보거나 부케가 상대방의 이름을 말하면, 모두 꿈을 꾸게 돼. 사람들이 꿈을 꾸는 동안 부케의 부하들이 중요한 장소를 파괴해 버리지.”

푸요가 아주 조용히 말하였다.

“그런데 왜 사람들을 꿈꾸게 하고난 뒤에 그러지? 저 정도 부하들이면 그냥 파괴하면 되잖아.”

휘슬이 물었다.

"부케는 사람들의 정신으로 힘을 키워. 저기 보여? 정신 잃은 사람들. 관 속에 누워있지? 아까 내가 깨우지 않았더라면 넌 저기에 누워있었을 꺼야."

"저 사람들의 정신을 플러그인 하는 건가?"

"내가 원하던 대답이 그거야! 자! 이제 가야지."

휘슬은 푸요를 꽉 쥐고 조심스럽게 부케의 뒤로 움직이기 시작했다.

"잠깐! 휘슬." 푸요가 다급하게 말하였다.

"왜? 무슨 일이라도?"

"부케가 우리를 보고 있어. 들켰나 봐."

그 때 부케가 약간 갈라진 듯한 목소리로 말하였다.

"거기 있었구나. 휘슬!"

순간 휘슬의 머리가 아파왔다.

천장은 바닥이 되고 바닥은 천장이 되는 것처럼 보였다. 그때와 아주 똑같았다.

"끼이이익! 캬아아! 야옹!"

또 이상한 소음들이 흘러 나왔다. 하지만 아무리 들어도 푸요의 목소리는 들리지 않았다.

휘슬은 계속 힘이 빠졌다. 몇 분후 사람의 목소리가 들렸다.

휘슬은 거의 포기하려고 했지만 사람의 목소리 덕분에 힘을 얻었다.

"휘슬양. 이건 꿈이에요."

휘슬은 목소리를 듣자. 자신도 따라서 말하게 되었다.

"이건.. 꿈이야. 꿈이니까 일어나야지..."

휘슬은 힘겹게 말하였다. 휘슬이 간신히 눈을 뜨자 머리가 아프지 않았고 크랫마캣이 보였다.

"어? 푸요는?"

"관을 봐."

휘슬은 크랫마캣의 말대로 관을 보았다. 관이 조금 열려있었다. 그때 푸요의 머리 부분이 보였다.

"아..아.." 휘슬은 눈물을 흘렸다.

"미안. 내가 너무 늦게 왔구나. 왠지 불길하더라니."

크랫마캣은 오히려 위로 해 주었다.

"가요! 크랫마캣. 푸요의 복수를 해야겠어요. 부케를 잡으러 가자구요."

"휘슬... 하지만 부케에게 파괴된 곳에서는 마법을 사용 할 수 없단다. 지금 우리는 아무런 힘도 없어.."

"마법이 없어도 우리는 할 수 있어요. 이렇게 무기력하게 당할 수는 없다구요. 흑..."

휘슬은 가슴이 터질 것 같았다. 부케를 눈앞에 두고도 복수도 못하고 힘 없이 당해야 한다는 것이 너무 슬펐다.

"휘슬.."

크랫마캣이 위로의 말을 해주려고 하기도 전에 놀라운 일이 벌어졌다. 휘슬이 흘린 눈물이 가운데로 모여 빛을 내고 있는 것이다.

"아니! 이것은 혹시 마음의 눈물? 어떻게 휘슬에게 마음의 눈물이?"

갑자기 휘슬의 몸이 커지기 시작했다. 점점 커지더니 부케의 몇 배나 더 커졌다.

"우워어어~!!" 휘슬이 괴물처럼 소리를 냈다.

"휘슬! 그만해!"

크랫마캣이 휘슬에게 소리쳤지만 휘슬은 오직 부케에게만 집중 되어있었다.

"감히 푸요를!!! 우와아악!"

휘슬은 푸요를 관에서 꺼내어 손에 들고서 관을 부케에게 던졌다. 부케가 관을 피하는 순간 어느새 달려온 휘슬이 부케의 안면에 펀치를 먹였다.

"크아아악" 휘슬의 펀치를 맞은 부케는 피를 흘리며 뒤로 물러났다.

부케가 주춤거리자 푸요가 꿈에서 깨어났다.

"휘슬. 이제 그만해. 나 다시 깨어났어."

"우아아앙… 푸요. 난 네가 영영 못 깨어나는 줄 알았어."

푸요를 보자 어느덧 마음의 안정을 되찾은 휘슬의 몸이 작아지기 시작했다.

"흥! 엄청 시끄럽군! 마스터 후보자가 울기나 하다니 쯧쯧!"

갑자기 뒤에서 들리는 목소리에 놀란 휘슬과 크랫마켓이 방어자세를 하며 뒤를 돌아보았다.

"엇! 넌 제..제크?"

크랫마캣이 떨리는 목소리로 말하였다.

"네. 크랫마캣. 휘슬이 나를 앞섰다는 소리를 듣고 경쟁자를 없애기 위해서 직접 왔죠."

"제크. 무슨 소리야. 마스터 대회는 정정당당하게 승부를 겨뤄야 한다구."

"그게 무슨 소용이죠? 난 무조건 킹 마스터가 될 겁니다. 나를 방해하는 누구도 가만두지 않을 겁니다."

"으음! 어쩔 수 없군.. 휘슬 너에게 '뷰'를 줄 테니 제크와 잘 싸워보렴."

크랫마켓이 말하였다.

“음? ‘뷰’ 가 뭐죠?”

“시티를 떠도는 정령이야. 믿을 수 없는 마법실력으로 다른 ‘뷰’ 들과 싸우지. 주인을 지키면서 말이야. 마스터 후보자라면 1마리씩은 기본적으로 들고 다녀. 그러니 네가 ‘뷰’ 를 잘 키워보렴. 물의 정령이지 이름은 무로우란다! 그럼 난 이만!”

크랫마캣이 말을 마치자마자 크랫마캣은 사라지고 휘슬 주위에 무로우가 무서운 눈으로 부케를 바라보고 있었다.

“가라! 부로우!” 제크가 힘차게 말하였다. 그 순간! 갑자기 부케가 작아지면서 불을 내뿜더니 ‘뷰’ 로 바뀌었다.

“뭐.. 뭐야.. 부케가 제크의 ‘뷰’ 였던 거야? 어떻게 마계의 생물을 ‘뷰’ 로 가지고 다닐 수 있지?”

휘슬이 떨리는 목소리로 말하였다.

그 순간 부로우가 눈을 번쩍이더니 휘슬에게 불을 내뿜었다. 휘슬이 놀라 불길을 피하는 순간 어느 사이엔가 이동한 부로우가 푸요를 들고 제크에게로 돌아갔다.

“무..무로우! 푸요를 구해와!”

휘슬은 무로우에게 명령을 내렸다.

“키이이잇!”

무로우가 이상한 소리를 내더니 푸요 쪽으로 갔다.

“어림없는 소리!”

제크가 끼어들었다.

"내가 있는 이상 아무도 못 구한다! 부로우, 무로우를 막아!"

곧 무로우와 부로우의 싸움이 시작되었다.

"키이이잇!"

"끼루루루!"

뷰들은 이상한 소리를 내면서 물과 불로 싸우고 있었다.

"부로우! 파이어 붐!"

제크가 소리치자 부로우가 커다란 불덩이를 무로우에게 뿜었다.

"무로우! 워터 아이스!"

휘슬은 자기도 모르는 사이에 어렸을 때 익혔던 주문을 외웠다. 휘슬이 외치자 무로우는 물을 내뿜고 순식간에 그 물을 얼음으로 만들어서 파이어 붐 을 막을 수 있었다.

"아니! 나의 마법이 무로우에게 먹힌다! 이제야 어떤 식으로 싸우는지 알겠어!"

휘슬이 무언가가 알겠다는 듯이 무로우에게 바로 명령을 내렸다.

"무로우! 워터 레이저!"

휘슬이 외치자 무로우는 입에서 물을 뿜었다.

"부로우! 파이어 드로잉!"

제크도 순식간에 명령을 내렸다.

"그럼 나도! 무로우! 워터 드로잉!"

휘슬은 자기가 알고 있는 주문을 총 동원하여 무로우를 움직였다. 그러나 태어난 지 얼마 안되는 무로우는 조금씩 부로우에게 밀리기 시작했다. 결국 무로우는 부로우의 파이어 빔을 몸에 맞고 쓰러지고 말았다. 무로우는 몸을 들썩이며 힘겹게 다시 일어나 싸우려고 하였다.

"무로우! 그만 싸워!"

휘슬이 다급하게 외쳤다.

"훗! 겁쟁이.. 부로우! 무로우를 해치워버려!"

제크가 명령했다.

"제크! 너도 그만 해. 이건 너무 위험해."

"흥! 내가 싸우는 이유는 내가 킹마스터가 되기 위해서야!"

제크가 말하였다.

"무슨 소리야. 누군가의 희생으로 얻어지는 킹 마스터가 어떤 의미가 있지?"

"너야 말로 정신 차려. 킹 마스터가 되면 이 세계를 지배할 수 있어. 난 강력한 힘으로 세상을 지배해서 모든 것을 나의 발아래 두고 말거야. 부로우, 무로우를 빨리 없애버려."

부로우가 무로우를 향해 달려들자 휘슬은 어쩔 수 없이 주문을 외웠다.

"안돼. 무로우 워터 붐"

또다시 부로우와 무로우의 싸움이 시작되었다.

10분 뒤.

"흐로우! 기습공격! 어쓰 바로우"

갑자기 흙 정령의 뷰가 나오더니 부로우와 무로우의 몸을 아주 단단한 진흙으로 감쌌다.

"쳇, 마린이 왔군.."

제크가 흐로우의 뒤를 바라보며 말하였다.

"무로우! 아이스 나이프!"

휘슬이 소리쳤다. 무로우의 팔이 커다란 칼로 변하더니 몸을 묶고 있는 진흙을 잘라내기 시작했다.

"부로우! 파이어 소드!"

부로우의 팔도 불의 칼로 변하더니 진흙을 순식간에 잘라냈다.

"마린, 오늘은 내가 물러나지. 나중에 보자. 아참, 휘슬 피하는 게 좋을 거야. 마린의 특기는 복제라서 상대하기가 껄끄럽거든"

제크가 부로우와 함께 사라지자 흐로우의 뒤에서 마린이 걸어 나오며 주문을 외웠다.

"흐로우! 복제! 복제! 복제! 복제! 복제!"

마린이 명령을 하자 흐로우가 입에서 여러 덩어리의 흙을 뱉어내었고 흙 덩어리들이 꿈틀대더니 어느새 여러 명의 마린으로 변했다.

"마린, 마린, 마린, 마린,.....으아! 너무 많아!! 어느 것이 진짜지?"

휘슬이 소리쳤다.

"훗! 가소로운 것! 불쌍하니 내가 힌트를 주지. 진짜 나를 찾아서 공격해라! 호호호호호."

마린의 말이 끝나기가 무섭게 마린들은 빛의 속도로 섞였다. 휘슬이 한명의 마린을 공격 하자 또 피했다.

"키이이잇! 키잇!" 무로우가 다급한 듯이 휘슬에게 무언가를 말했다.

"뭐라고? 갑자기 왜 이러는 거야"

"키이잇..하...ㅊ.츳."

"무슨말이야. 좀 더 천천히 해봐."

"하아압치이에"

"무로우, 합체하자는 거야? 아, 그래 생각났다. 옛날에 배웠던 마법 중에 그런 것이 있었지! 그런데 뷰랑 합체할 수 있나?"

무로우가 급한 듯이 재촉하자 휘슬은 눈빛을 굳히며 말했다.

"좋아. 다른 방법도 없으니 한 번 해보자. 무로우! 합체!"

휘슬이 명령을 하자 무로우가 휘슬의 몸으로 스며들었다. 순간 휘슬의 몸에서 빛이 나더니 옷이 물의 갑옷으로 변하였다.

"우와! 멋지다!"

휘슬이 감탄하였다. 잠시 무로우가 변한 갑옷에서 힘이 생기는 것을 느끼던 휘슬은 복제된 마린들을 보며 당당하게 소리쳤다.

"좋아. 지금부터 시작이야. 아이스아이니"

휘슬의 양 손위로 하얀 수증기가 서리는듯하더니 조금씩 얼음 알갱이들로 변해갔다.

"얍!"

휘슬이 소리치자 손 위의 얼음 알갱이 들이 소용돌이처럼 빙빙 돌더니 복제된 마린들을 향해 휘몰아쳐 갔다.

"으아아!"

복제된 마린들이 소리치며 하나둘 사라져 갔다.

"크핫핫! 이제 항복하시지!"

휘슬이 말했다.

"후후후.. 이런 눈보라는 나의 복제인간들을 당할 수 없다. 흐로우, 스왈로우"

마린이 주문을 외우자 복제인간들의 입으로 얼음 조각들이 빨려 들어갔다.

"복제마린들아! 휘슬을 공격하라! 리턴어택"

복제인간들의 입에서 휘슬이 쏜 얼음조각들이 뿜어져 나와 휘슬을 향해 몰아쳐 갔다.

"아니.. 이럴 수가! 내 마법을 사용하다니!"

휘슬이 복제인간을 째려보며 말하였다.

"후후훗! 우리 복제마린들은 네가 마법을 사용하면 사용할수록 그 마법을 자신에게 복제한다구! 호호호!"

"마린! 그만해!"

푸요의 목소리였다.

"푸요! 어떻게 된 거야. 제크에게서 어떻게 도망쳤지?" 휘슬이 반가운 목소리로 외쳤다.

"지금은 그게 중요한 게 아니잖아. 마린을 막아야 한다구!"

푸요가 냉정하고 침착한 목소리로 대꾸했다.

"너..푸요 아니지? 너 누구야! 푸요는 그렇게 말하지 않는 다구. 이젠 안속아!"

'푹!' 휘슬은 소리치며 얼음 칼로 푸요를 찔렀다. 얼음 칼에는 피가 아닌 흙이 묻어있었다.

"마린의 복제인간!"

휘슬이 기겁하였다.

"첫! 쉽지 않은 상대군. 더 이상 힘을 낭비하면 제크가 뒤통수를 칠 수 있으니 오늘은 여기에서 그만두지. 다음에 만나면 가만두지 않겠어."

복제인간들을 계속 유지하는 것이 힘에 겨운 듯 마린은 잠시 숨을 고르다가 사라져 갔다.

"푸요.. 푸요는? 어떻게 푸요를 찾지?"

휘슬은 파괴된 흔적이 남은 텅 빈 광장에 털썩 주저앉아 버렸다.

그때 이상한 문중에 하나가 열리더니 어떤 남자아이가 손에 푸요를 들고 휘슬 쪽으로 다가 왔다.

"앗, 푸요. 너..넌.. 누구지?"

휘슬이 물었다.

"아! 내 이름은 태비보호야. 보통 사람들은 날 태비라고 불러. 곧 20살이야."

"좋아! 난, 휘슬. 나도 20살이야. 어쨌든 태비, 넌 누군데 푸요를 데리고 있는 거지?"

"아, 난 네가 부케랑 싸울 때부터 문 뒤에서 지켜보고 있었지. 제크가 허둥지둥 도망가는 순간 푸요를 살짝 빼돌렸지."

"아.. 고마워. 푸요는 나의 친구야. 내게 돌려줄 수 있겠지?"

"그럼 당연하지. 대신 나랑 친구하자."

"음.. 좋아!"

휘슬과 태비보흐는 친구가 되었다. 그리고 부서진 광장을 벗어나 휘슬의 집으로 돌아왔다.

*　　*　　*

이튿날 아침 누군가가 휘슬의 집 앞에서 초인종을 눌렀다.

"딩동. 딩동!"

"누구세요?"

휘슬이 문을 열었다.

"눈보.."

"일시정지!"

순간 휘슬과 태비보호를 제외한 나머지는 모두 그 자리에서 멈추었다.

"뭐..뭐지?"

휘슬이 태비보호에게 말했다.

"마린의 복제인간이야.."

"아! 근데 태비 너 마법을 할 줄 아는구나."

"어?, 어제만 해도 마법이 동작하지 않았는데. 난 마법의 책을 잃어버린 뒤론 마법을 할 수가 없어."

"그럼 지금 마법은 어떻게 된 거야?"

"내가...마법을..부렸다면.. 아! 지금 내 마법의 책이 이 주위에 있다는 것?"

태비가 중얼거렸다.

"마법의 책?"

"휘슬! 너 이 오두막집에서 가장 가까운 나무가 어디 있어?"

태비보호가 휘슬에게 다급하게 물었다.

"으..으음.. 고나무야.. 고나무가 제일 가까워.."

"그게 어디 있어?"

"우리 오두막집 바로 뒤에."

"아마 거기에 마법의 책이 있을 거야. 마법의 책은 나와 떨어지면 나무들 사이를 옮겨 다녀. 빨리 가 보자!"

태비는 복제인간을 칼로 자른 후 일시정지 마법을 해제했다.

휘슬과 태비가 고나무로 다가 갈수록 고나무의 가지가 조금씩 흔들리기 시작했다.

"아..아아.. 마법의 책의 기운이 느껴져. 여기 있었구나! 나의 마법의 책!"

태비가 고나무를 타고 올라갔다. 휘슬도 타고 올라갔다.

휘슬과 태비는 고나무 제일위에 다다랐다.

고나무 꼭대기에는 우유가 놓여있었다.

"이 우유는 뭐지?"

휘슬이 어리둥절하였다. 갑자기 태비는 우유의 뚜껑을 열더니 그 우유를 고나무 위에 뿌렸다. 우유를 다 뿌리자 고나무 위에 아주 큰 구멍이 생겼다.

"들어가자!"

태비가 말하였다.

"도대체 마법의 책이 뭔데 이 구멍으로 들어가자는 거야? 아주 까마득한데.. 게다가 이런 구멍이 있는 건 어떻게 알고?"

"나는 마법의 책이 없으면 힘을 쓰지 못해. 그러니까 마법의 책이 있어야만 너의 미션구슬도 찾고.."

"그것밖에 없어?"

"... 이건 아주 중요한 이야기인데.. 사실 난 예언자야. 모든 일을 예언할 수 있지. 이제 곧 레드 홀 시티가 생겨 날거야. 레드 홀 시티가 생겨나면 넌 킹마스터가 되지 못해. 하지만 레드 홀 시티를 막을 수 없어. 어떤 힘으로도 막을 수 없지."

"그..그럼 난 어떡해?"

"하지만! 레드 홀 시티를 붕괴할 수 있는 아주 강한 펫들이 마법의 책에 들어있어."

"그럼.. 마법의 책이 있어야만 레드 홀 시티를 붕괴 할 수 있는 거야?"

"그런 거지."

"그럼 빨리 들어가자!"

"좋아!"

위이잉..

태비와 휘슬이 구멍으로 들어가자마자 휘슬과 태비는 엘리베이터를 타고 있었다.

"이럴 수가.."

휘슬은 놀라기만 하였다.

"조금만 더 가면 지하야."

위잉.. 끼익!

엘리베이터가 멈추고 문을 열었다.

"여기가 지하야."

태비가 말하였다.

"우와!"

지하는 좀 더러웠지만 수천 개의 통로가 미로처럼 펼쳐져 있었다.

"이 많은 통로를 다 샅샅이 뒤져야 해?

"아니. 저쪽 통로로 가면 돼… 잠깐! 저기 안에 괴물이?"

태비가 눈을 반짝였다.

"괴물?"

"들어가 보면 알아. 너 들어가기 전에 무로우를 불러."

"응. 나와랏! 무로우!"

"좋아! 이제 들어가자!"

탁.탁.탁.

"크르릉.."

"뭐지?"

"쉿! 목소리를 낮춰!"

"응."

"크릉! 누구냐?"

"난 태비이다!"

"크릉! 태비? 태비보흐가 왔담.. 흐흐흐.."

"어서 모습을 밝혀라!"

"크아아앙!"

"꺄악!"

휘슬이 비명을 질렀다.

"아닛! 왜 하필.. 다른 괴물이 아닌.. 오브캠?!"

태비가 중얼거렸다.

"오브캠?"

휘슬이 말하였다.

"오브캠은 마법의 책을 지키는 괴물들 중에서도 가장 힘세고 마법실력이 아주 높은 블랙마녀의 동생이야."

태비는 휘슬에게 조심스럽게 설명하였다.

"블랙마녀? 블랙마녀가 누군데?"

"블랙마녀는 마법력이 아주 강한 마법사야. 하지만 사악한 어둠의 악마여서 킹마스터가 되기전에 쫓겨나고 말았지."

"그렇구나.. 그런데 오브캠이 우릴 왜 공격하지 않는 걸까?"

"그러게.. 여어~! 오브캠! 한번 공격해 보시지! 겁났니?"

태비가 오브캠을 놀렸다.

"태비보흐.. 먹이가 늘어났군.. 후후.."

처음 듣는 목소리였다.

“아뿔사! 오브캠이 있으면 주위에 블랙마녀도 있다는 걸 알아채야 했는데..”

태비가 뒷걸음칠 치며 말하였다.

“근데 마녀치곤 너무 아름다운거 아냐?”

휘슬이 눈을 반짝이며 말하였다.

“겉모습에 속지 마. 화나면 아주 무서워 질테니까.. 게다가 어둠의 힘도 가지고 있어서 밤이 되면 100배 더 강해져.”

태비가 몸을 부들부들 떨며 말하였다.

“벌서 해가 지고 있어.”

휘슬도 몸을 떨며 말하였다.

“오호호호호! 우리 모두 인간구이를 먹어요! 호호호!”

블랙마녀가 말하였다.

“됐거든! 어서 내 마법 책이나 돌려주시지!”

태비가 소리쳤다.

“어디서 감히 나를 화나게 만들어?!”

블랙마녀가 소리치는 동시에 눈이 고양이처럼 변하고 송곳니가 아주 길어지고 몸도 괴물처럼 변했다.

“으윽! 징그러워!” 휘슬이 말하였다

“침착해. 이제부터 블랙마녀가 쓴 마법이란 마법은 모두 피해.

블랙마녀는 주로 우리에게 무언가를 던지는 마법을 사용하니까."

태비가 블랙마녀를 째려보며 말하였다.

"크루하그란체터호!"

블랙마녀가 말하였다.

갑자기 주위에 있던 물건들이 하늘위로 올라가는가 싶더니 태비와 휘슬 쪽으로 떨어졌다.

"피해!"

태비가 외쳤다.

쿠당탕탕!

다행히 휘슬과 태비는 다치지 않았다.

쿠당탕! 쿠당탕!

물건은 비처럼 떨어졌다.

"헉! 이 많은 것을 어떻게 피하지?"

휘슬이 몸을 움츠리며 말했다.

"휘슬! 도망쳐!"

태비가 말하였다.

"안돼.. 널 두고 갈 수는 없어! 죽으려면 같이 죽자. 흑흑!"

휘슬이 울면서 말하였다.

"안돼! 빨리 도망쳐! 저기 저 통로로 숨으란 말야!"

"그럼 태비 넌 어떡하라구?"

"난 꼭 블랙마녀를 이겨서 마법 책을 내 손에 넣고 말거야.. 그러니까 어서가!"

"싫어.. 난 안갈 꺼야.."

휘슬이 말을 마치기도 전에 누군가가 휘슬의 손을 붙잡고 태비가 말한 통로로 끌고 갔다.

"누구야?! 난 태비를 구해야 한단 말야! 이거 놔!"

휘슬이 소리쳤다.

"태비는 알아서 잘 할꺼야. 태비는 누군가가 도와주면 오히려 더 다친단 말야! 그러니까 좀 가만히 있어!"

"가만히 있을테니 이 손좀 놔! 그리고 넌 누구야?"

"난 '아란' 이야 너 이야기는 태비한테서 다 들었어."

"근데 왜 날 끌고 온 거지? 아란?"

"널 살려야해. 꼭!"

"왜?"

"오직 너만이 달빛 공주가 될 수 있어!"

"그게.. 무슨 말이야? 공주라니?"

"레드 홀 시티가 생기기 전에 아주 큰 재앙이 벌어질 거야. 온 세상이 악마들로 가득 차게 돼. 이 아름다운 시티들을 모두 악마들이 지배해 버릴 거라구!"

아란이 눈을 동그랗게 뜨며 말하였다.
"악마가 모든 시티를 지배하면 어떻게 되는데?"
"악마가 아닌 모든 마스터들과 사람들은 죽어."
"그럼.. 어떻게 막아?!"
"달빛이 있어야 해. 달빛을 보호하기 위해서 달빛 공주가 필요해."
아란이 휘슬을 보며 말하였다.
"하지만 난 달빛을 보호할 힘도 없고 공주가 되기 싫어!"
"그럼 너 킹마스터 하지 않을 거니?"
"... 아니 킹마스터.. 할래.."
"그러니까 공주 해!"
"내가 공주를 해야 하는 이유라도 있어?"
휘슬이 소리쳤다.
"이유 있어. 너의 왼쪽 눈은 '어둠의 눈' 을 갖고 있고 너의 오른쪽 눈은 '달빛의 눈' 을 갖고 있어서 악마를 속이기 쉽고 너의 오른쪽 눈이 다치지 않으면 달빛은 절대 사라지지 않아."
아란이 말하였다.
".. 좋아. 나 공주 할께!"
휘슬이 말하였다.
"좋은 선택이야. 이제 왕국으로 가볼까?"

아란이 말을 끝내자 고나무에 뿌렸던 우유를 꺼냈다.

"도대체 그 우유는 뭐지?"

"포탈이야. 자신이 원하는 장소로 순식간에 데려다 주지. 마법을 부릴 수 있는 사람은 꼭 한 개씩은 가지고 있어야해."

"그렇구나."

"이거 너한테 줄게 포탈우유."

"아! 고마워, 아란."

"가자!"

아란은 우유의 뚜껑을 열고 벽에 쏟았다. 그리고 아주 큰 구멍이 생겼다.

"들어가자!"

"아.. 알았어."

휘슬과 아란은 구멍으로 들어갔다. 휘슬과 아란은 어느새 궁전 안으로 와 있었다.

"오십시오! 아란 아가씨!"

하인들이 아란을 대접하였다.

"요르코! 주스를 가져와줘! 2개!"

아란이 명령을 내렸다.

"요르코가 누구야?"

휘슬이 물었다.

“내가 가장 좋아하는 하인 이름이야.”

“그렇구나..”

휘슬과 아란은 계단 끝에 있는 방으로 갔다.

“우와아!”

휘슬이 소리 질렀다. 아란의 방은 공주방보다도 100배 1000배 더 아름다운 것 같았다.

“이정도로 놀라지 마. 공주방이 더 아름다울 테니까. 후훗!”

“이것보다 아름다우면 얼마나 더 아름다운 거지?”

“네 상상 나름이야.”

‘똑똑똑.’

“요르코예요.”

요르코가 공손히 문 밖에서 말하였다.

“들어와. 문 열려있으니까.”

아란이 말하였다.

“여기 오렌지 주스 2개입니다.”

“응 저기 탁자에다가 놔줘”

“네.”

탁.

“이제 나가겠습니다.”

“응”

덜컥! 탁!

요르코는 문을 닫았다.

"휘슬! 오렌지주스 먹자!"

"으응."

휘슬은 오렌지 주스를 싫어했다.

'벌컥 벌컥!' 아란은 오렌지 주스를 단번에 마셨다. 휘슬은 먹는 척만 하였다. 그런데 이상한 일이 일어났다. 아란이 갑자기 몸 하나 까딱하지 않고 멈춰버린 것이다.

"뭐..뭐지? 아란! 너 왜 그래?"

휘슬은 아란의 몸을 만져보았다. 아주 차가웠다. 얼음덩어리 같은 느낌이었다.

"어..얼었어! 아란이 얼었어! 무슨 일이지?"

'벌컥!' 갑자기 아란 방의 문이 열렸다.

"후후후. 마법 약을 넣었으니 얼어버리는 수밖에."

요르코가 휘슬을 쳐다보며 말하였다.

"너..넌 누구야? 너 요르코가 아닌 거지?"

"후훗! 바로 알아 채셨네."

"마린!"

휘슬이 소리쳤다.

"어머머! 남의 이름을 함부로 말하지 말라구. 말하려면 정확히 말해야지! '마린의 복제인간' 이랄까? 오호호!"

"요르코는 어디 있는 거야?"

"호호호! 그 문제보단 더 큰 문제가 있을 텐데?!"

"뭐야? 나에게 중요한건 아란과 요르코라구!"

"과연? 그럼 태비는 필요 없나보지?"

"아..아.. 태비! 태비를 어떻게 한 거야?!"

"나에게 화내지 말라구. 블랙마녀한테 말하지 그래? 게임은 지금부터 시작이니까 보고 잘 배워! 호호호호홋!"

순간 가짜 요르코의 몸이 마린으로 변했다. 흐로우 까지 같이 나왔다.

"흐로우! 시크릿!"

마린이 흐로우에게 명령을 내리자 갑자기 마린과 흐로우가 안 보였다.

"마린.. 어디 있지? 어디로 도망 간 거야?"

퍽!

"아야! 누가 때렸어?"

퍼퍼퍽!

"으윽!"

휘슬이 순간 모든 것을 깨달았다. 마린은 자신의 상대가 아니고 마린은 블랙마녀의 악마가 되었다는 것을 알게 되었다.

"이제 항복해!"

마린이 말했다. 그것도 보이지 않은 채로.

"싫어! 절대 항복하지 않아! 나도 악마가 되긴 싫어!"

휘슬이 소리쳤다.

퍼버버벅!

마린이 다시 공격했다.

"싫어! 싫어! 싫단 말야! 너 같은 꼬맹이에게 지고 싶지 않아! 기필코! 지지 않겠어! 무로우! 시크릿!"

순간 자신의 몸이 투명하게 되었다.

"무로우! 쓰나미!"

휘슬이 명령을 내리자 휘슬의 손에서 엄청난 양의 물이 나왔다. 휘슬은 날고 있었다.

"모두 물에 잠겨버려! 에잇!"

휘슬의 눈이 아주 사악해졌다. 고양이와 똑같은 눈매였다.

"그만해! 휘슬! 나까지 죽겠어!"

태비가 말하였다.

"무로우! 스톱!"

무로우는 멈추고 물도 그만 나왔다. 투명이 된 마린은 물 범벅이 되어 보이기 시작하였다. 휘슬의 몸도 보이기 시작하였다.

"무로우! 크랫맘바!"

휘슬이 명령을 하자 무로우는 마린의 힘을 빼앗았다.

"크윽! 두고 보자! 휘슬!"

마린이 말했다. 그리고 검은 망토를 가방에서 꺼내더니 목에 매고 날아갔다.

"어떻게 된 일이야?"

태비가 말하였다.

"너야말로 어디에 있던 거야? 옷도 갈기갈기 찢기고..."

"나? 난 블랙마녀와 싸워서 졌다가 기습공격으로 마녀를 쓰러트렸지! 에헴!"

"마법의 책은?"

"여기 있어! 오브캠은 내가 마녀한테 진 줄 알고 자고 있길래 몰래 가지고 나왔어!"

태비가 자신만만하게 말하였다.

"아란은?"

"아! 맞다! 아란은 독약이 든 오렌지 주스를 마셔서 얼음이 되어버렸어!"

"설마.... 아란은 독약을 보는 기능이 있어서 먹지 않았을 텐데.."

태비가 중얼거렸다.

"태비 너 그거 알아?"

"뭐를?"

"악마의 지배.."

휘슬이 눈을 가늘게 뜨며 말하였다.

"아! 그렇구나! 아란이 악마에게 중독되었구나!"

"어떻게 살리지?"

"이 정도는 마법의 책으로도 충분해. 그럼.. 시작해 볼까? 음.. 취푸포토타티토튀.. 얍!"

태비가 주문을 걸자 아란은 순식간에 정상으로 돌아왔지만.. 눈이 달랐다. 고양이 눈!

"아닛! 아란이.. 악마로?"

태비가 말하였다.

"저 고양이 눈.. 아까 내가 무로우에게 쓰나미를 명령할 때 내 눈매와 똑같아.. 그럼.. 나도?"

휘슬이 몸을 떨며 말하였다.

"크윽! 모두 악마에 중독된 건가.."

태비가 말하였다.

"오호호호호! 태비 너 마녀한테 졌니? 게다가 누더기 옷? 호호 거지꼴이나 되어가지고 말야!"

아란이 말하였다.

"아란! 아무리 악마에게 중독되었다고 해도 태비한테 너무 하는 거 아냐?"

휘슬이 소리쳤다.

"휘슬 난 괜찮아. 어차피 악마에게 많이 중독되는 순간 마음이 아주 사악해져. 게다가 고양이 눈으로 바뀌고.... 그럼..휘슬 너도?"

태비가 말하였다.

"음.. 난 화날 때만 항상 고양이 눈으로 변해.."

휘슬이 말하였다.

"휘슬 너도 내편으로 오지 않을래? 후훗! 어둠의 공주도 좋은데.."

아란이 말하였다.

"됐거든! 아까 전에는 네가 나보고 달빛공주 하라며?!"

휘슬이 화를 냈다. 그리고 고양이 눈으로 잠시 변했다가 원래 눈으로 다시 돌아왔다.

"뭐? 달빛공주? 달빛공주는 아란인데.. 엇? 그러면 저기 있는 아란은 가짜?"

태비가 눈을 동그랗게 뜨며 말하였다.

"혹시 여기 있는 아란은.. 마린의 복제인간? 그럼 아까 고나무 지하에서도 달빛공주라나 뭐라나 했던 것도 거짓말이고, 일부러 여기로 온 거야? 나쁜 마린의 복제인간!"

휘슬이 말하였다.

"어머! 내 이름을 불러주다니.. 고맙군!"

아란이 말하였다.

"마법의 책! 마닐렛!"

태비가 주문을 외쳤다. 그 후 마린의 복제인간은 서서히 녹기 시작했다.

"우와! 태비 너 마법의 책을 잘 다루는 구나?"

휘슬이 태비를 칭찬 해 주었다.

"칭찬 고마워!"

태비가 말했다.

"이제.. 어디로 가야하지?"

휘슬이 물었다.

"달빛나라로. 동쪽 은하수에 있어."

"그럼 빨리 가자!"

"잠깐! 빨간 종이는 뭐지?"
태비가 말하였다. 그리고 주워서 보았다.

'ㄴㄴ ㅇㅁㄷ.'

"이렇게 써져있는데? 무슨 뜻이지?"
태비가 말하였다.
"종이가 빨간색인 것을 보면 악마가 쓴 것이 틀림없어!"
휘슬이 말하였다.
"혹시 아란은 알고 있지 않을까?"
"과연.. 한번 가 보지 뭐.."
태비는 포탈 우유를 꺼내서 바닥에 쏟았다. 그리고 구멍이 생겼다.
"들어가자!"
태비가 말했다.
휘슬과 태비는 구멍에 들어갔다. 휘슬과 태비는 어느새 하늘을 나는 양탄자를 타고 있었다.
"우와아~! 지금 우리 양탄자 타고 달빛나라로 가는 거야?"
휘슬이 말했다.
"응! 이제 곧 도착이야."

“어? 보인다! 저기 달빛이 보여!”

“그래. 도착이야!”

태비와 휘슬은 달빛나라에 도착하였다.

“태비! 그리고... 휘슬? 휘슬이었나?”

아란이 반가운 목소리로 말하였다.

“네. 저 휘슬 맞아요. 아란 공주님.”

휘슬이 말하였다.

“네 이야기는 태비한테서 모두 들었단다.”

“네에! 알고 있어요! 참. 악마들은 어떻게 처리할 건가요?”

휘슬이 심각한 표정으로 말하였다.

“으음.. 고민해 봐야겠구나. 악마의 문서가 있으면 좀 더 쉽게 처리할 수 있으련만......”

아란이 말하였다.

“앗?! 악마의 문서? 여기로 오기 전에 붉은색 종이를 발견했어요! 확실히 악마가 써놓고 간 것이 틀림없어요.”

휘슬이 붉은색 종이를 건네며 말하였다.

“아니! 이..이것은.... 악마의 문서!”

아란이 놀라며 말하였다.

“이제 악마를 쉽게 처리 할 수 있는 거예요?”

휘슬이 들뜬 목소리로 말하였다.

"그럼. 이제 이 뜻을 찾으러 가자꾸나."

아란이 붉은 색 종이를 아주 작은 주머니에 넣었다. 처음에는 종이가 넣어지지 않을 것처럼 보였지만 종이는 아주 잘 넣어졌다. 마법의 주머니였던 것이다.

"이제 가자꾸나."

아란이 말하였다.

"네. 어서 뜻을 찾아요!"

휘슬도 말하였다. 그리고 아란과 휘슬 그리고 태비는 달빛궁전 밖을 나갔다.

"자! 이제 뜻을 찾으러 떠나볼까?"

갑자기 아란의 말투가 달라졌다.

"어? 아란. 갑자기 왜 말투가 달라진거지?"

휘슬이 물었다.

"아! 그건 말야. 내가 18 살 때쯤 악마들이 이 궁전을 침입해왔어. 악마들이 봉인을 하는데 실패해서 궁전에 들어 갈 때마다 항상 말투가 바뀌는 거 있지. 게다가 어른으로도 바뀌어."

아란이 투덜대며 말하였다.

"어? 진짜네.. 아란의 옷도 키도 말투도 모두 바뀌었어. 이제야 진정한 아란 같아!"

휘슬이 웃으며 말하였다.

“자! 꾸물거릴 시간 없어! 이제 출발해야지!”

아란이 휘슬의 손을 힘껏 잡으며 말하였다.

“그런데 어디로 가야 이 뜻을 알 수 있지?”

휘슬이 양탄자에 올라타며 말하였다.

“음.. 갤러리 시티에 가보는 것은 어때?”

“갤러리 시티? 처음 듣는 시티인데....”

“아! 갤러리 시티는 악마의 ‘데빌콘’ 이라는 문으로 몰래 갈 수 있는 통로이기도 해. 원래는 그냥 시티야.”

“음.. ‘데빌콘’ 이라는 문으로 들어가면 어떻게 되는데?”

“악마의 문서 뜻이 적혀있는 데빌 페이퍼가 있어. 하지만 그곳은.. 괴물중의 왕 ‘캐로블러’ 라는 괴물이 데빌콘의 문을 지키고 있을 거야.”

“그러면 어떻게 하지?”

“너의 왼쪽 눈은 어둠의 눈이잖아. 그 눈을 사용해. 화나는 일을 생각하면 어둠의 눈을 사용할 수 있을 거야.”

아란이 말하였다.

“좋아! 그럼 출발이다!”

휘슬이 외쳤다.

이제 양탄자는 출발하였다. 그런데 양탄자는 계속 위로 올라가기만 하였다.

"왜 양탄자가 계속 위로만 올라가지?"
휘슬이 말했다.
"음.. 그건 갤러리 시티가 아주 위쪽에 있기 때문이야."
태비가 말하였다.
"그렇구나..."
"갤러리 시티는 게이트킬러가 아주 꼼꼼해 그러니까 조심해. 성격이 좋은 게이트킬러는 바로 보내주지만 성격이 나쁜 게이트킬러는 아주 끈질기거든."
"그렇구나.."
"다 왔다."
아란이 말하였다.
갤러리 시티에 도착하자 모두 내렸다.
"음.. 근데 좀 으스스하다."
휘슬이 말하였다.
"지금 이 페이지가 으스스한 페이지라서 그래."
아란이 말하였다.
"으스스한 페이지?"
"아까 안 말해줬나? 갤러리 시티는 아주 큰 책 위에생긴 시티야."
"그럼 다른 배경으로도 바꿀 수 있니?"

휘슬이 말했다.

"그것 쯤 이라면 저희가 해결해 드리지요!"

처음 보는 게이트킬러 2명이 말했다.

"당신들은 누구신지요?"

휘슬이 말하였다"

"제 이름은 패타, 게이트 킬러맨 이구요"

"제 이름은 요아, 게이트 킬러우먼이랍니다."

두 게이트킬러가 자기소개를 했다.

"너희! 데빌콘으로 가는 길을 아는 사람이 누군지 알아?"

아란이 패타와 요아를 번갈아 보며 말하였다.

"데빌콘으로 가려면 열쇠가 필요한데요. 달빛공주님."

요아가 말하였다.

"그럼 그 열쇠를 나에게 줘."

아란이 소리를 높여 말하였다.

"아.. 그런데 저희가 열쇠를 갖고 있지 않아서..죄송합니다. 달빛공주님."

패타가 모기만한 목소리로 말하였다.

"그럼 누가 갖고 있지?"

"저.. 고르구님께서 갖고 계십니다."

요아가 말하였다.

“고르구는 어디 있는데?”

“다음 페이지에 계십니다.”

패타가 말하였다.

“이제 다음페이지로 넘어가겠습니다.”

요아는 이상한 버튼을 눌렀다. 순간 오른쪽 바닥이 위로 올라오더니 휘슬을 덮쳤다. 하지만 휘슬은 아무 이상도 없었고 어느새 다음 장으로 넘어와 있었다. 그런데 배경이 좀 허전하였다. 그냥 흰색 배경에 작은 집 하나만 가운데에 있었다.

“달빛공주님. 고르구님은 여기 안에 계십니다.”

패타가 안내하였다.

“아란. 모두들 너를 알아보는 이유가 뭐지?”

휘슬이 물었다.

“그 이유는 내가 15살 때 이 갤러리 시티를 달빛으로 지배했었지. 하지만 또 악마들의 습격 때문에 내가 물러서야 했지..”

아란이 대답하였다.

“이제 들어가야지.”

태비가 말하였다.

“그럼 저희는 이만 가보겠습니다.”

패타와 요아는 말을 마치자 마자 사라졌다.

아란은 조심스럽게 집 문을 열었다.

"4 곱하기 9는?"

아란이 문을 열자마자 이상한 사람이 갑자기 문제를 냈다.

"36!"

태비가 1초도 안되어서 대답하였다.

"오.. 갑작스런 나의 문제를 맞추다니.."

이상한 사람이 말하였다.

"네 이름은 뭐지?"

태비가 말했다.

"난 고르구다."

"아! 고르구.. 열쇠를 갖고 있다고 했지?"

아란이 말하였다.

"흠.. 열쇠를 찾나? 나도 이미 '캐로블러' 에게 뺏겼는걸.."

고르구가 말하였다.

아란은 이상한 가방을 꺼내었다. 그리고 지도를 꺼냈다. 그 지도는 정말 특이했다. 우리가 지금까지 온 길이 저절로 표시가 되었다.

"어? 저기 움직이는 건 뭐지?"

휘슬이 물었다.

"쳇! 들켰군!"

태비가 몸을 낮추며 말하였다. 순간 아란이 일어서서 어떤 봉을 꺼냈다.

"레나카르도!"

아란이 봉을 들고 외쳤다.

"어떻게 된 일이야? 아란이 들고 있는 저 봉은 뭐고.."

휘슬이 태비에게 말하였다.

"저 봉은 '엔젤바운' 이라는 봉이야. 오직 공주만이 가질 수 있는 봉이지."

태비가 말하였다. 그런데 어디선가 쿵쾅 소리가 들리고 있다.

"어엇? 도데체 무슨 일이야?"

휘슬이 다급하게 말하였다.

"우리가 지금 캐로블러에게 들켰어!"

태비가 말하였다.

"들켜도 상관없지 않아?"

"아니! 들키는 순간 악마가 아닌 이상 모두 순식간에 죽여 버리는 괴물이야!"

태비가 심각한 표정을 지으며 말하였다. 그 순간! 캐로블러가 문을 부수며 나타났다!

"고스트베러리!"

아란이 엔젤바운을 휘두르며 말하는 순간 엔젤바운 끝에서 유령이 나타났다. 갑자기 눈앞에서 환상이 보이기 시작했다.

"아...아... 이 세상은 뭐지?"

휘슬이 얼굴을 찡그리며 말하였다.

"휘슬! 눈 감아! 난 지금 환상술을 쓰고 있어! 환상에 속으면 안돼!"

아란이 소리쳤다.

"그를루즈... 악마구나? 나도 악마인데..."

휘슬이 말하였다.

"크으.. 이미 환상에 속았군!.. 그런데... 그를루즈? 그를루즈는 악마장군 1호...인데? 설마!"

아란은 엔젤바운을 휘두르며 뒤를 돌아보았다. 그를루즈가 있었다. 휘슬은 이미 환상에 빠져버렸다. 순간 그를루즈가 아란을 보았다. 그리고 손끝에서 암흑의 빛을 내뿜더니 휘슬을 동그랗게 말아버렸다.

"후..후.. 이 소녀는 내가 데려가지.. 악마의 문서는 다크도어에 있다!"

그를루즈가 이 말만 남기고 가버렸다.

"아...아.. 휘슬!!!!!!"

아란이 울며 소리쳤다. 아란이 울고 난 후 태비가 말을 꺼냈다.

"어떻게 하지?"

태비가 걱정이 담긴 목소리로 말하였다.

"달빛의 힘으로는 불가능한 일이야."

아란이 눈을 번뜩이며 말하였다. 그 후 아란은 눈을 감더니 두 손을 앞으로 내밀고 기를 모았다. 몇초 후에 이상한 일이 벌어졌다. 이상한 결정체가 손 가운데에 나타난 것이다.

"그......그것은?! 천사의 결정체!"

태비가 눈을 동그랗게 뜨며 천사의 결정체를 쳐다보았다.

"이것을 사용해야해"

아란이 가쁜 숨을 몰아쉬며 말을 이었다.

"태비.. 준비됐니?"

아란이 묻자 태비는 정색하며 거절을 했다.

"아..안돼! 천사의 결정체를 먹으면 전쟁이 일어나잖아!"

"어차피 일어날 일이었어..."

아란이 한숨을 쉬며 할하였다.

"하지만.. 이것은 다르잖아.. 그냥 전쟁과는 다르잖아! 악마와 천사의 전쟁.... 우린 '멸망의 전쟁' 을 해야 한다고!!"

태비가 고함을 지르며 소리쳤다.

"내가 도와줄까?"

옆에 잠자코 있던 고르구가 말을 꺼냈다.

“어떻게 도와줄 건데? 전쟁을 일으키는 거라면 난 거절하겠어!”

태비가 묻자 고르구가 말했다.

“전쟁은.. 해야 하지...”

고르구가 떨리는 목소리로 말하였다.

“난 거절하겠어..”

태비가 땅을 보며 말을 이었다.

“천사는 벌서 반을 악마에게 지배당했어. 천사가 이길 가능성 0퍼센트, 악마가 이길 가능성 100퍼센트...”

태비가 말끝을 흐리자 고르구와 아란이 동시에 같은 대답을 하였다.

“천사가 이길 희망 1퍼센트, 악마가 이길 희망 99퍼센트. 우리는 남은 희망 1퍼센트를 믿는다.”

고르구와 아란이 쳐다보며 웃음을 지었다.

“여기는 겔러리시티.. 혹시 그거 아나? 겔러리 시티의 비밀버튼..”

고르구가 말하자 태비가 소리쳤다.

“DKRAKSMSWNRSMSEK.”

"이런 단어는 처음 봤는데?"

아란이 궁금하다는 듯이 말하였다.

"컴퓨터 키보드를 봐. 이 단어대로 쳐서 해석해보면.."

태비가 알겠냐는 듯이 말끝을 흐렸다.

"악마는 죽는다. 라는 뜻이군!"

아란이 말하였다.

"이 버튼을 누르면 쫄병 악마들이 반 이상 죽지.."

고르구가 말하였다. 그리고 아무 말 없이 고개를 끄덕이자 아란은 알겠다는 듯이 천사의 결정체를 반으로 나눈 뒤 태비와 함께 결정체를 먹었다.

"꿀꺽."

몇 초가 흐른 뒤 아란과 태비는 등이 무거워졌다는 것을 알고 등 쪽을 보았다. 그것을 본 아란과 태비는 너무 놀랐다. 천사의 날개가 생긴 것이다.

"이제 악마들이 알아채겠지?"

태비가 걱정스런 목소리로 말하였다.

"알아채겠지.... 어서 마음의 준비를 하자고..."

아란이 눈을 감고 편안한 웃음을 지으며 말했다. 하지만 아무리 20분이 지나도 악마는 보이지 않았다.

"왜..왜.. 안오지? 기습공격을 하..려나?"

태비가 떨리는 목소리로 말하였다.

"하늘을 봐."

고르구가 하늘을 보며 말하였다.

"헉! 악...악마가 벌서.."

아란이 뒤로 넘어지며 말하였다. 악마들은 벌서 모든 준비를 다해놓고 아란과 태비를 째려보고 있었다. 하지만 그보다 놀란 것은 붉은색의 옷을 입고 있는 한 여자 때문이었다.

"휘슬!"

아란과 태비가 놀라며 소리쳤다. 붉은색의 옷을 입고 있는 한 여자의 정체는 휘슬이었다.

"휘슬이.. 악마로 변하다니... 하필 어둠의 공주인 붉은악마로!"

아란이 휘슬을 째려보며 말하였다.

"지금 당장 휘슬을 악마의 중독에서 벗어나게 할 수 없을까?"

태비가 날개를 퍼덕이며 말하였다. 태비는 그럴 듯하게 말했지만 방법은 전혀 없는 것 같다. 휘슬은 중독이 되어도 심하게 중독이 된 것이다.

"생각해보니 붉은악마는... 어둠의 공주?"

아란이 휘슬을 째려보며 말하였다.
"생각할 시간 없어! 벌써 악마들이 우리한테 와!"
태비가 주춤거리며 말을 하였다.

"1단계. 겔러리시티의 비밀버튼을 누른다.
2단계. 반 이상 죽을 때까지 공격하지 말 것.
3단계. 아란이 갖고 있는 가장 긴 트리플 화살은 악마대왕에게만 쓸 것..."

순간 고르구가 로봇처럼 딱딱하게 말하였다. 그리고 아란은 자신이 갖고 있는 천사의 화살을 보았다. 아란에게 가장 긴 화살이 딱 1개 있었다.

"4단계. 불가능할 경우, 달빛의 힘을 빌릴 것.

참고로.어떠한 문제든 간에 속지마라. 내가 말한 것에 답이 있다. 4단계까지만 잘 진행 한다면 이긴다. 명심해라. 3단계와 4단계는 단 1번만의 기회밖에 주어지지 않는다."
고르구가 말하였다.
"4단계 까지 불가능해진다면 어떡하죠?"

아란과 태비가 동시에 물었다.

"그럴 때에는...."

이때였다. 악마장군2호인 에블루즈가 고르구를 낚아채었다.

"오로니아젤을 찾아라! 악마의 눈을 명심 할 것!"

고르구는 악마에게 끌려가면서도 마지막 말을 하였다.

"고르구님!"

태비와 아란이 외쳤다.

"으하하하하하! 어디 공격해 보시지!"

악마장군1호인 그를루즈가 뾰족한 송곳니를 드러내며 말하였다.

"고르구를 죽이다니! 나쁜녀석!"

아란이 소리치며 힘껏 날아올랐다.

"후후.. 감히 2명이서 이 수만 마리의 악마를 죽이시겠다? 흐흐..어림도 없지!"

휘슬 옆에 있던 마린이 말하였다. 순간! 태비의 머리에 고르구의 말이 스쳐지나갔다.

'1단계. 겔러리시티의 비밀버튼을 누른다.'

"아란! 공격하면 안돼!"

태비가 급하게 소리쳤다. 다행히 늦지 않았다.

"아란! 피해!"

태비가 눈을 뜨며 말하였다. 아란은 뒤를 돌아보았다. 악마장군3호 카글루즈가 1미터가 넘는 손톱으로 아란의 허리를 뚫으려고 하였다. 아란은 재빨리 날아서 피했고 카글루즈의 손톱은 다시 본래의 모습으로 돌아왔다.

"아란! 겔러리시티에 있는 비밀버튼 쪽으로 피하면서 와!"

태비가 소리쳤다.

"잡아라!"

붉은악마 휘슬이 소리쳤다. 악마들은 휘슬의 소리에 맞춰가며 행동했다. 악마들이 아란과 태비를 향해 달려들었다.

"피하면서 끝까지 가야해!"

태비가 말하였다. 아란과 태비는 악마들의 공격을 피하며 비밀버튼 쪽으로 다가갔다. 거의 다 왔다.

"태비! 먼저 가서 눌러! 뒤는 내가 맡을께!"

아란이 화살을 쏘았다. 화살은 한명만 맞출 수 있는 것이 아니라 총 180명의 몸을 뚫고 지나갈 수 있을 정도로 강했다.

"오우! 이 화살 대박 좋은데?"

아란은 감탄하며 한꺼번에 5개의 화살을 쏘았다. 아란이 악마들을 막고 있을 때 태비는 재빨리 버튼을 눌렀다.

"DKRAKSMSWNRSMSEK."

태비가 버튼을 누르자 수만 개의 이상한 빛이 쏟아져 나왔다. 그리고 그 빛이 천사로 변했다.

"자! 어디 한번 나도 공격해 볼까나?"

아란이 활을 들며 말하였다.

"스톱! 안돼!"

태비가 아란의 활을 막으며 소리쳤다.

"왜 안되는 건데?"

아란이 활을 내리며 물었다.

"생각 안나? 고르구의 말.. '2단계. 반 이상 죽을 때까지 공격하지 말 것.' 이라고 말했잖아!"

태비가 말을 끝 마쳤을 때였다. 수만 마리의 천사들이 악마를 향해 돌진하였다.

"태비, 공격을 하지 않으면 우린 뭐해?"

아란이 물었다.

"천사들이 모두 죽을 때까지 기다려야해."

태비가 천사들을 보며 말하였다.

"지금 이렇게 많은 천사들이 죽을 것이라고 생각하니?!"

아란이 화를 내며 말하였다.

"음... 으악! 아란... 너..너.."

태비가 주춤거리며 말하였다. 아란이 화를 냈을 때 아란은 이상하게 변해있었다. 아란의 눈은 고양이 눈으로 변하고 순간 천사의 날개가 악마의 날개로 변했던 것이다. 그보다 가장 놀라운 것은 악마의 봉,(제제클랑)으로 바뀐 화살로 태비를 죽이려고 하는 것이다.

"그....그만해!!!!!"

태비가 외치자 아란은 자신이 태비를 죽이려고 했던 것을 알고 바닥에 주저앉았다.

"아..아.. 미안해.. 내가 왜 이러지.."

아란이 속으로 뉘우치며 말하였다.

"주르륵."

아란이 눈물을 흘렸다. 눈물이 흐르자 아란의 눈과 날개, 화살이 본래모습으로 돌아왔다.

"똑."

눈물이 떨어졌다.

"어? 어떻게 눈물이 떨어지는 소리가...."

태비가 의심 찬 목소리로 말하였다.

"그러게.. 지금은 구름위인데 어떻게 '똑' 소리가 날 수 있지?”

아란이 멀리 떨어진 구름을 보았다. 그리고 자신의 발아래를 보았다. 아란이 서 있는 곳은 작은 호수였다.

“악! 난 수영 못해!”

아란이 소리치며 나오려고했다. 하지만 제자리걸음만 할 뿐 나오지 못하였다.

“이제 곧 빠질 거야..”

아란이 눈을 감으며 말하였다.

“휘슬.. 제발 돌아올 수 없겠니?”

아란이 눈을 감으며 말했다.

“주르륵”

아란이 눈물을 흘렸다.

“똑.”

“주르륵”

“똑”

“주르륵”

“똑............”

아란이 흘린 마지막 눈물이 멀리 울려 퍼졌다.

*　　*　　*

아란이 눈을 떴을 때였다. 아주 놀라운 일이 벌어졌다. 천천히 잠기던 아란이 물위에 주저 앉아있는 것이다. 그보다 놀라운 것은 달이 3개가 뜬 것이다. 그리고 처음 보는 나라에 와있었다.

"여긴.. 여긴 어디지?" 시작ok

마치 우주공간에 와있는 듯 했다.

"태비..태비는?"

아란이 말하자 제일 위에 있던 달이

실을 내뿜으며 대답해 주었다.

"태비님은 다른 달에 계십니다."

정체모를 목소리가 대답해 주었다.

"지금은 전쟁 중이예요. 저를 내보내

주세요...."

아란이 말끝을 흐리며 말하였다.

"벌서 가나요.. 예..이별을 하죠.." 목소리가 힘없는 목소리로 말하였다.

"아...아니..아니예요! 아직 물어 볼 것이 있어요!" 아란이 당황하며 말하였다.

“좋아요! 무엇이 궁금하나요?”

목소리가 들뜬 목소리로 외쳤다. 그리고 실과 반짝이들을 더욱더 내뿜었다.

“아..저.. 제가 어떻게 여기 들어올 수 있었죠?”

아란이 말했다.

“예 그것은요 당신이 눈물을 3번 떨어뜨렸기 때문이죠. 그 눈물들이 저를 이렇게 불러드린 거예요.”

목소리가 친절하게 말해주었다.

“저..당신 누구인가요? 제 앞에서 당신의 모습을 보여줄 순 없나요?”

아란이 실들을 보며 말하였다.

“그렇게나 궁금하세요..” 목소리가 말끝을 흐리며 말하였다.

“안되나요?” 아란이 눈을 감으며 말하였다.

“되요.. 그러니깐.. 된다구요!” 목소리가 자신감 있게 말했다.

“저희의 모습을 보여드리죠.”

순간 목소리가 3갈래가 되었다.

“대신 약속을 하죠.” 목소리가 말했다.

“좋아요. 무슨 약속이죠?” 아란이 물었다.

“오로니아젤을 찾아주세요.”

목소리가 말했다. 아란이 대답하려고 했지만 목소리 3명 모두 모습을 드러냈다.

두명은 모두 나타났지만 아직 1명이 더 나타나지 않았다.

“저.. 두분이 끝인가요?”

아란이 조심스럽게 물었다.

“아니요.. 아직입니다만.. 곧 나타나실 겁니다. 그 전에 저희 소개를 하죠.”

목소리들이 합창하듯이 말했다.

“전 달빛의 여전사 크로니.”

머리카락이 노랗고 단발머리인 한 천사가 말했다.

“전 달빛의 수호자 크리스탈.”

마리카락이 파랗고 흰 장미로 곱게 묶은 한 천사가 말하였다. 크리스탈이 말을 끝마친 후 몇 초의 침묵이 흘렀다. 그 후 나머지 1명의 천사가 나타났다.

“안녕하세요?”

마지막으로 나온 천사가 말하였다. 마지막으로 나온 천사는 호수에서 나왔고, 가장 예뻤다.

“전 달빛의 지배자 동생인 우니젤 이예요.”

마지막으로 나온 천사가 말하였다.

“저..달빛의 지배자 동생이라면.. 언니도 있나요?”

아란이 우니젤에게 물었다.

“예. 있습니다. 제 언니는 지금... 어쩔 수 없이 악마변장을 하고 있지요..”

우니젤이 고개를 숙이며 말하였다.

“왜..왜죠? 무엇때문에!” 아란이 소리쳤다.

“그것은.. 태비 때문이예요.” 우니젤이 말하였다.

“왜죠? 태비가 무엇을 잘못했길래..”

“생각 나시나요? 고르구가 말한 3단계. 아마 지금쯤 천사는 모두 죽었을 것이예요.”

“그렇다면.. 지금 당장 이 긴 화살을 쏘아야 하는 것 아닌가요?”

아란이 긴 화살을 꺼내며 물었다.

“아니요. 어차피 화살을 쏘아도 악마대왕은 죽지 않아요.”

우니젤이 고개를 좌우로 흔들며 말하였다.

“왜죠?”

“생각해 보세요. 어차피 화살을 쏘아도 수만마리의 악마들이 계속 막을텐데요.”

"그러면.. 태비는..뭘 잘못한 것인가요?"

아란이 물었다. 하지만 우니젤은 쉽게 답해주지 못했다. 몇분의 침묵이 흐름 뒤에야 말을 꺼냈다.

"태비는..당신을 배신했어요."

우니젤이 뜸을 들이며 말하자 아란이 화를 냈다.

"그게 무슨 말이예요! 네?"

"태비는 당신이 이 공간으로 이동하자 당신이 없다는 것을 알아채고 천사들이 죽을때까지 싸웠습니다."

"그게.. 무슨 말이예요? 태비는 저에게 공격하지 말라고 신신당부를 했다구요!"

"태비는 당신의 은하수를 끊으려 하는 겁니다."

우니젤이 조심스럽게 말했다.

"은하수가 끊어진다구요? 무슨 뜻이죠?"

아란이 묻자 우니젤은 아주 짧게 말하였다.

"반역."

"반역이라면..왕이나 공주의 자리를 빼앗는 것이잖아요."

아란이 떨리는 목소리로 말하였다.

"맞아요."

"그럼...그러면.. 증..증거를 보여줘요! 태비가 진짜 천사들 사이에서 싸움을 하고 있는지!"

아란이 말하자 우니젤은 옷 속에서 무언가를 꺼내었다.

"구슬을 보세요."

우니젤의 말은 진짜였다. 태비와 악마가 싸우고 있었다. 그것도 언제 가져 갔는지 아란이 갖고있던 가장 긴 화살을 겨누고 있었다.

"안돼! 태비! 그 화살은 악마대장에게만 쓰는 거야!"

아란이 소리쳤지만 소용 없었다.

"왕이나 여왕이나 공주나 왕자가 되려면.. 영웅이 되어야 하지요."

우니젤이 말하였다.

"진짜..배신을 하다니..배..신을.."

아란이 바닥에 털석 주저앉았다.

"하지만.. 하지만.. 태비를 구해야해.. 이건 어쩔 수없는 일이야."

아란이 다시 구슬을 들여다 보았다.

"허..허억!"

아란이 구슬을 보며 뒤로 넘어졌다. 왜냐하면 구슬 안에는 악마로 변한 휘슬이 이상한 괴물과 함께 태비를 향해 달려가려고 했던 것이다!

"태비를 죽여라!"

구슬안의 휘슬이 소리쳤다.

"내가 가서 태비를 구해야해."

아란이 말했다.

"주르륵."

"똑."

아란이 눈물을 떨어뜨리자 이상한일이 일어났다. 다시 전쟁터로 돌아온 것이다.

"불가능 할 땐 저희를 부르세요."

우니젤이 말했다. 우니젤은 아주 흐릿흐릿하게 보였다.

"안녕히.."

아란은 손을 흔들며 보내주었다.

"맞다! 태비!"

아란이 뒤를 돌아보았다. 휘슬의 괴물이 태비를 향해 달려들고 있었다.

"어..어떻게 하지? 그래! 고르구가 말한 4단계를 생각해보자…음…"

아란은 떠올려 보려고 했지만 잘 떠올려지지 않았다. 하지만 문득 우니젤이 한 마지막 인사가 떠올랐다.

"불가능할 땐 저희를 부르세요..? 아! 생각났다! 4단계! 그래,

어서 달빛의 힘을 빌려야해!"

아란은 다행히 생각해냈다. 그런데 한 가지 문제가 있었다. 어떻게 달빛을 부르느냐가 문제다.

"달빛님~!, 우니젤~!, 크로니~!, 크리스탈~!"

아란이 외쳐보았다. 하지만 소용이 없었다.

"크르르르르르~"

순간! 휘슬의 괴물이 태비를 물었다.

"으아악!"

아란은 태비의 비명소리를 듣고 뒤를 보았다. 태비가 기절해 있었다.

"태비!"

아란이 바닥에 주저앉았다.

"거짓말이야! 모두 거짓말이야!" 아란은 소리치며 눈물을 흘렸다.

주르륵.

똑.

주르륵.

똑.

주르륵.

똑.

아란은 눈물 세 방울을 떨어뜨렸다.

"어떤 일로 저희를 부르셨나요?"

우니젤과 비슷한 목소리가 들려왔다. 아란은 눈을 떠보았다. 그 때와 똑같았다. 달이 3개나 있었고, 아란은 작은 호수위에 주저앉아 있었다. 우니젤도 점점 뚜렷하게 보였다.

"어떤일이죠?"

우니젤이 물었다.

"태비...태비가 괴물에게 심하게 다쳤어요."

아란이 울상이며 말하였다. 우니젤은 아란의 말에 걱정스런 표정을 짓고는 옷에서 무언가를 꺼냈다. 아란은 우니젤이 들고 있는 것을 보고는 깜짝 놀랐다.

"그..그것은!"

아란이 우니젤을 보며 주춤거렸다. 왜냐하면 우니젤은 칼을 들고 있었기 때문이다.

"당신이 결정하세요. 태비를 살리려면 당신이 죽어야 해요.

첫 번째 방법. 당신이 죽고 태비를 살린다.

두 번째 방법. 태비가 죽도록 놔둔다.

무엇으로 하시겠어요?"

우니젤이 아란 앞에 칼을 살짝 얹어 놓으며 말했다.

"다른 방법은 없나요?"

아란이 말했다.

"죄송하지만.. 다른 방법은 없어요."

우니젤이 말하였다. 우니젤의 말이 끝난 후 아란은 자신의 앞에 있는 칼을 천천히 들었다.

"결정하셨군요."

우니젤이 아란을 처다보며 말하였다.

"어떻게 해야 하죠?"

아란이 물었다.

"악마한테 이렇게 말하세요. 내가 제물이 될 테니, 태비를 살리거라....라고.. 그다음.. 그 칼로 정확히 심장을 찌르세요..."

우니젤이 떨리는 목소리로 말하였다.

"주르륵, 똑."

아란이 눈물 한방울을 떨어뜨렸다. 역시나 다시 전쟁터로 돌아와 있었다.

"안녕, 태비.."

아란이 혼잣말로 인사를 하고는 제물대에 올려져 있는 태비 쪽으로 날아갔다.

"멈춰라!"

아란이 악마들 위에서 소리쳤다. 그리고 칼을 자신을 향해 높이 쳐들었다.

"내가 대신 제물이 될 테니, 태비를 살리거라!"

아란이 말하였다. 아란은 눈을 질끈 감았다. 순간 태비가 마취에 풀려 눈을 살짝 떴다.

"푹!"

아란이 자신의 심장을 정확히 찔렀다.

"아..란? 아...란? 아란! 안돼!!!!!"

태비가 눈물을 흘리며 말하였다.

"미..안해.."

아란이 하늘에서 떨어지며 말했다. 악마들은 떨어지는 아란을 잡으려고 모여있었다.

"이건.. 아니야!"

태비가 소리쳤다. 순간 태비의 눈에 아란이 떨어뜨린 칼이 보였다. 다행히 제물대 위에 깊게 꽂혀 있었다.

"그래.."

태비는 알겠다는 듯이 칼 쪽으로 힘겹게 갔다. 그리고는 자신의 손발에 묶여있는 줄을 칼에 비벼 끊었다.

"아란!!"

태비가 소리치며 아란 쪽으로 날아올랐다. 그리고는 떨어지는 아란을 악마보다 더 빨리 잡았다.

"에잇!"

태비가 아란을 잡자 악마들은 순식간에 태비를 　 았다.

"헉.. 헉.. 점점 힘이 빠져.. 어떡해야하지?"

태비가 비틀비틀 날며 말하였다.

"4단계도 안돼면.. 안돼면... 아! 오로니아젤! 눈을 명심해야.."

태비는 악마들을 피하다가 순식간에 위로 날아올랐다.

"눈을 봐야해!"

태비는 소리치며 악마들의 눈을 샅샅이 살폈다. 하지만 악마들을 피하느라 눈을 잘 볼 수가 없었다. 태비는 계속 피하다가 악마에게 잡히고 말았다.

"아.. 오로니아젤은 어디에.."

태비가 말하였다.

"천사 둘 다 제물에 바칠테다!"

휘슬이 웃음을 지으며 말했다. 태비와 아란은 곧 제물대 위에 올려졌다. 태비는 마지막 희망이라고 생각하고 악마들의 눈을 살폈다.

그때, 고양이 눈이 아닌 한 악마를 찾았다.

"찾았다! 오로니아젤, 당신이 오로니아젤이지?!"

태비가 악마를 쳐다보며 말을 하였다.

"태비, 나를 찾아주셨군요."

악마는 모자를 벗으며 말하였다.

"아닛! 넌 무엇 이길래 고양이 눈을 하고 있지 않더냐?"

휘슬이 소리쳤다.

"당신이 저를 못 알아 본 것입니다."

악마로 변장한 오로니아젤이 말하였다.

"아니! 감히 이것이!"

휘슬이 말하였다. 태비는 오로니아젤과 휘슬이 말싸움을 하고 있는 틈을 타서 아직 제물대 위에 꽂혀있는 칼로 자신의 팔과 다리를 묶은 줄을 끊고 아란이 묶여있는 줄도 풀어주었다.

"당신은 날 모르나 보군요."

오로니아젤이 말했다. 순간,엄청난 빛이 오로니아젤을 감싸더니 오로니아젤의 본래모습으로 돌아왔다.

"휘슬, 당신은 저를 이기지 못해요."

진짜 자신의 모습으로 변한 오로니아젤이 말하였다.

"오..로니아젤? 당신이 오로니아젤이라고?"

휘슬이 오로니아젤을 보며 주춤거렸다.

"윙 라이트!"

오로니아젤이 주문을 외우자 날개에서 엄청난 빛이 나왔다.

"으윽! 어쩔 수 없군! 항복이다!"

휘슬이 소리쳤다. 이내, 악마들은 멀어져갔다.

"저를 찾아주셨군요, 태비군."

오로니아젤이 말하였다.

"아..저.. 근데요.. 아란을 살릴 수는 없나요?"

태비가 말하였다.

"그레이트 리커버리~."

오로니아젤이 부드럽게 주문을 말하자 아란의 심장을 다시 건강하게 되돌려 놓았다.

"아란? 아란! 이제 괜찮니?"

태비가 아란을 흔들자 아란은 서서히 눈을 떴다.

"아란! 아깐..고마웠어.."

"나도.. 미안했어.."

아란이 말하였다.

"근데 날 누가 살려 준거야?"

아란이 묻자 태비가 말하였다.

"아! 내 뒤에있는 오로니아젤님이...엇?"

태비는 뒤를 보았지만 오로니아젤은 어디에도 없었다.

"오로니아젤님.. 나 어디있는 줄 알아."

아란이 들릴 듯 말 듯한 목소리로 말하였다.

"뭐? 어디, 어디있는데?"

태비가 말하였다.

"오로니아젤님을 만나려면 눈물을 3방울 흘려야해."

아란이 자신의 손을 이빨로 물으며 말하였다.

"주르륵, 똑."

"주르륵, 똑."

"주르륵, 똑."

아란은 손이 아파서 어쩔 수 없이 울었고, 태비는 그 전에 한 일을 뇌우치며 울었다.

지금도 똑같은 풍경이었다. 태비는 달이 여러 개 있는 것이 가장 신기해 하였다.

"어? 달이 왜 4개지?"

아란이 궁금하단 듯이 말하자 우니젤이 말했다.

"우리 언니가 왔잖아요."

우니젤이 오로니아젤을 손으로 가리켰다.

"오로니아젤님이 언니 였어요? 너무 놀랐어요."

아란이 말했다.

"지금 그게 중요한 것이 아니란다.."

우니젤이 아란에게 귓속말 하듯이 말하였다.

"네?"

아란이 물었다.

"태비와 오로니아젤이 이야기를 나누는 것을 들어보렴."

우니젤이 말하자 아란은 들키지 않도록 이야기를 들었다.

"아란한테는 고마웠지만 반역은 꼭 해야겠어요."

태비가 말하였다.

"어쩔 수 없구나..그럼 내가 아란을 블랙홀에 넣어 버리는 수밖에.."

오로니아젤이 말했다. 아란은 오로니아젤의 말에 너무 놀라 우니젤에게 모든 것을 말했다.

"이런.. 그러면 내가 태비를 먼저 블랙홀에 넣을 태니 너는 방에 조용히 있으렴.."

우니젤이 말이 끝나기 무섭게 아란은 빛이 가득하고 문이 없는 방에 있었다.

"미안해 태비.. 어쩔 수 없었어."

아란은 주저앉으며 말하였다.

"너 누구야?"

어디선가 목소리가 들려왔다. 아란의 뒤쪽에서 들려왔다.

"어? 너희들이야 말로 누구야? 너희 날개로 봐선 악마인데.. 근데 문도 없는데 어떻게 들어왔어?"

아란이 말했다.

"우린 마계걸즈야."

2명의 마계인이 말했다.

"난 마계인 로즈야."

눈이 빨간 마계인이 말했다.

"난 마계인 그래이프!"

눈이 보라색인 마계인이 말했다.

"뭐.. 뭐라구? 그럼.. 너희들 악마잖아!"

아란은 소리치며 화살을 마계걸즈에게 겨누었다.

"어차피 쏴도 우린 죽지 않아."

로즈가 말했다.

"마녀나 죽지 우리같은 뱀파이어가 어떻게 죽어? 크크큭! 웃기는 여자네 흐흐!"

그래이프가 거들었다.

"그럼.. 도대체 누구편이야?"

아란이 물었다.

"우린 천사편도, 악마편도 아니야. 우린 그냥 떠돌아 다니는 거라구."

그래이프가 턱을 치켜들며 말하였다.

"근데 뭐하러 온 거야?"

아란이 묻자 로즈가 말했다.

"휘슬 알지? 휘슬."

"휘슬? 응! 휘슬이 어떻게 됐니?"

아란이 걱정스런 목소리로 말하였다.

"알았으면 됐어. 우리랑 함께 가실까?"

그래이프가 아란의 손을 꽉 잡으며 말했다.

"어? 이거 놔!"

아란이 소리 질렀다. 그래이프와 로즈는 아란의 손을 더욱 거세게 잡고는 한쪽 손으로 서로를 맞잡고 포탈을 열었다.

"가자!"

로즈가 말했다.

"휘슬한테 가고 싶다면 따라와. 거기서 아주 멋진 것을 보게 될 태니까 크큭!"

그래이프가 뾰족한 송곳니를 보이며 말했다. 이내 아란과 마계걸즈는 포털을 통과하였다.

"헉!.. 여긴 악마들의 소굴! 다크도어!"

아란이 경악하며 소리쳤다.

"잘하는 짓이군, 아란."

로즈가 아란을 째려보자 아란은 비로소 자신이 잘못 행동 했다는 것을 깨달았다.

"저기 침입자가 있다! 공격하라!"

휘슬이 명령을 내리자 악마들은 아란과 마계걸즈를 향해 달려들었다.

"으하하! 가소로운 것들! 매운맛이나 보시지!"

그래이프가 봉을 들고 한 바퀴 돌리더니 한꺼번에 200명이 죽었다.

"아란! 코 막아! 로즈 스멜링!"

로즈가 명령을 내리자 아란은 코를 막았다. 그 마법은 순식간에 3400명을 죽였다.

"로즈만 잘하는 것은 두고 볼 수 없지! 그래이프 범프!"

그래이프가 포도알 같은 것을 던지더니 순식간에 20000명을 죽였다.

"한번 나도 해 볼까?"

아란이 말하고는 화살쪽을 보았다. 언재 생겼는지 가장 긴 화살이 놓여있었다.

"그것은 트리플 화살!"

로즈가 놀라며 화살 구석구석을 살펴보았다.

"피융!"

아란이 화살을 쏘았다. 그 화살의 위력은 대단했다.

순식간에 2345678명을 죽였다.

"와우! 내 그래이프 범프보다 강한데?"

그래이프가 부러운 듯 아란을 쳐다보았다.

"하지만 기회는 한번 뿐이야."

아란이 말을 끝마쳤을 때였다.

"스샤!"

휘슬의 괴물이 로즈를 삼켰다.

"와우! 로즈를 삼켰네? 로즈! 회이팅!"

그래이프는 아무 일도 없는 듯이 응원만 했다.

"넌 로즈가 걱정되지 않니?"

아란이 묻자 그래이프가 씩 웃으며 말했다.

"아까 말했잖아. 우린 뱀파이어라니깐! 저런 건 식은 죽 먹기지! 크큭!"

그래이프가 말을 마치자 몇 초의 침묵이 흘렀고 곧 로즈는 괴물의 몸을 뚫고 나왔다.

"에이~ 뭐야 이 끈적이는? 이 괴물 꽤 끈질기던데? 한번 맛이나 봐 볼까?"

로즈가 말을 마치자마자 괴물의 몸 부분을 송곳니로 콱 물었다. 그러고는 피를 빨고있었다.

"맛 어때?"

그래이프가 묻자 로즈가 이상한 표정을 지으며 대답했다.

"썩은 고기 맛이야. 마치 유니콘 구이를 곁들인 썩은 스테이크 맛이랄까?"

"도데체 뭐라는 거야?"

아란은 마계걸즈가 말하는 말은 뭐가 뭐인지 도무지 알 수가 없었다.

"피를 먹어본 사람만 아는 맛이지 크큭!"

로즈가 아란의 말에 거들었다.

"자. 다음 단계로 가 보실까?"

그래이프가 천천히 휘슬 쪽으로 날아갔다.

"휘슬. 넌 너가 누구인지 모를 거야. 그치?"

그래이프가 말을 하자 휘슬은 기겁하며 말을 했다.

"넌.. 도데체 누구야? 누군데 계속 살아나?"

"넌 우리 상대가 아니야."

언재 왔는지 로즈가 입가의 피를 닦으며 말하였다.

"휘슬.. 넌 아직도 내가 누군지 모르겠니?"

아란이 묻자 휘슬은 제제클랑을 아란에게 겨누며 말하였다.

"넌 없어도 되는 일이야."

"하지만... 난 너의 친구이자............."

아란이 무언가를 말하려다 관뒀다. 왜냐하면 모두에게 말하지 못한 비밀이 있기 때문이다.

"엄청난 비밀인가보지?"

그래이프가 말을 거들었다.

"난 너의 친구이자 수호자야. 아직 아무에게도, 너에게도 말하지 않았지만. 난 너의 수호자야. 그러니까 다시 진짜 휘슬로 돌아와!"

아란이 화를 내자 휘슬도 화를 냈다.

"이게 나의 진짜 모습이야! 그러니까 수호자인가 뭔가 하는 말 하지마!"

"오우~! 보기 드문 싸움인데?"

로즈가 구경거리라도 있는 듯 눈을 동그랗게 떴다.

"휘슬........ 기억해봐. 너.... 정말............ 마스터.. 되려고 했잖아. 안 그래?"

아란이 다시 말했다.

"난 아무 것 도 기억 안나."

휘슬이 말했다.

"왜? 난 다 기억나는데."

아란이 말했다.

"모두 너 때문이니까. 너가 날 악마로 만들었잖아. 너가 환상술을 써서 그런 거잖아. 그 환상술은 악마의 길로 통하는 마법이었어. 너와 있었던 기억은 여기까지 밖에 기억 안나! 다 필요 없어!"

휘슬이 붉은 눈으로 아란을 째려보았다.

"아...나 때문에..나.. 때문에.."

아란이 말하였다.

"어이~ 울보. 그만 우시고 구경이나 하시지~!"

그래이프가 아란을 놀리며 휘슬 쪽으로 갔다.

"붉은 달아! 떨어져라!"

그래이프가 이렇게 말하며 칼을 들었다.

"허억! 휘슬은 죽으면 안돼!"

아란은 당장 해결책을 찾아야 했다. 순간 뒤에 가장 긴 화살이 놓여있었고 어느새 활도 길어졌다.

"죽지는 않겠지."

아란은 활을 팽팽하게 잡아 당긴 후 바로 손을 놓았다.

피슝!

푹.

화살은 그래이프의 옆구리를 정확하게 관통하였다.

"방금 뭐 내 옆구리에 찔렀니? 간지러움이 사라졌어."

그래이프는 아무일도 없다는 듯이 말했지만 아란은 알고 있었다.

"구래, 그 화살은 다른 것과는 다르군. 이제는 네가 휘슬을 돌려 놓아야 해"

그래이프는 힘 없는 목소리로 마하고는 아란에게 칼을 내밀었다.

"네가 휘슬을 찔러."

그래이프가 말하자 아란은 기겁하며 거절했다.

"뭐라구? 내가 휘슬을 죽이다니!"

로즈가 아란의 말을 듣고는 천천히 아란에게 다가와 귓속 말을 했다.

"휘슬의 정신을 다시 되돌려 주고 싶지 않아? 그러고 싶다면 당장 휘슬을 찔러."

"..........어쩔 수 없지. 미안해 휘슬!"

아란이 눈을 질끈 감고 휘슬을 찔렀다. 정확히 가슴에.

"아아아......"

이번 목소리는 휘슬이 낸 것은 맞지만 휘슬의 목소리가 아니었다. 몇초 후 휘슬의 몸에서는 검정색 공기 덩어리가 나오더니 창문 밖으로 나갔다. 아란은 창밖을 보았다. 그런데 놀라운 일이 벌어졌다. 그 연기가 점차 사람으로 변하더니 도망을 간 것이다.

"빨리빨리 하자구.. 나도 좀 쉬고 싶어..."

그래이프가 말했다.

"얼씨구, 지금 아직 2단계라구. 우선 니 봉에 휘슬 넣어봐."

로즈의 말이 끝나기 무섭게 그래이프는 봉을 꺼내들어 외쳤다.

"데빌인!"

그러자 그래이프의 봉 안에 휘슬이 들어갔다.

"빨리 포탈 열자."

로즈가 말하자 그래이프는 순식간에 포탈을 열었다.

"..........아란.. 깜짝 놀라지 마."

그래이프가 충고를 하곤 포탈로 들어섰다.

아란은 포탈에서 나오자 주변을 들러보고는 깜짝 놀랐다.

"여....여긴 유리의 성 이잖아! 오래 전에 이 성은 금지 되었다구! 여기에 들어오면 내가 죽을지도 몰라."

아란이 걱정을 하자 말하였다.

"걱정 마셔. 지금 충고를 해 주는데 그런 엉터리 소문은 듣지도 마. 이 성은 우리가 만들었다구.."

그래이프가 턱을 치켜들며 말을 이었다.

"이 유리의 성은 떠돌아 다니는 생명체로 인해서 만들어졌어. 옆을 봐봐. 유리관들이 많이 새워져 있지? 유리관 안에는 검정색과 하안색 공기 덩어리들이 있다구. 검정은 악마, 하양은 천

사. 그리고 너희들 같은 링링들은 잘 모르나 본데. 원래 태어날 때 진짜 생명을 잃어버리지. 그 생명들을 여기에 넣어 둔거야. 봐. 이름표가 붙어있잖아."

"링링? 링링이 뭔데?"

아란이 묻자 로즈가 딱하다는 듯이 말하였다.

"쯧쯧.......어리석은 링링들. 너희들은 살아있지 않아. 링링을 쉽게 말해서는 너희들은 지금 영혼이라는 거지. 아까 그래이프 말 못 들었니? 원래 태어날 때 진짜 생명을 잃어버린 다니깐."

"그럼 너희들은 뭐야? 우리가 천사나 악마 그리고 마스터라면 너희 마계인은 뭐냐구."

아란이 물었다.

"우린 진짜 생명을 갖고 있어. 마계인들은 처음 태어날 때 영혼과 생명이 분리되지 않은 거지. 그리고 링링들보다 뛰어난 뇌를 갖고 있어. 너희들은 영혼과 생명이 분리될 때 링링들의 뇌도 반쪽 줄어드니까."

그래이프가 눈을 번뜩이며 말했다.

"그러면 이 유리의 성은 왜 만든 거야?"

아란이 물었다.

"링링들이 죽으면 진짜 생명을 불어넣어줘. 옆에 있는 유리 관 속에 있는 공기 덩어리들이 진짜 생명이지. 링링들은 자신의 진짜 모습을 모르니까 진짜 생명과 반대로 자랄 수 있어. 한마디로 지금의 휘슬과 같지. 휘슬의 생명은 천사야. 하지만 악마로 되었어. 예를 들면 이런 셈이지."

로즈가 팔짱을 끼며 말하였다.

"그럼 휘슬도 마계인이 되는 거네? 너희들이 휘슬의 생명을 불어넣어 줄 것이니까."

아란이 말했다.

"그럴 수는 없지. 마계인이 되려면 마계인이 될 수 있을만한 힘이 있어야 해. 링링들 힘으론 어림없지. 자. 그럼 시작해 볼까?"

그래이프가 말을 끝내자 천천히 앞으로 나아갔다.

"어? 이 생명, 악마 같은데 진짜 예쁘다."

아란이 보라색 공기 덩어리를 보며 말했다.

"어엇? 아..아니!..........그것은........... 아냐! 어쨌든 빨리 휘슬의 생명을 넣어주러 가야지!"

로즈가 아란의 손을 잡아끌며 말하였다.

"어... 알았어."

아란은 로즈가 말을 더듬는 것이 미심쩍었지만 어쩔 수 없이 따라 갔다.

'유리의 성에서 나가면서 저 생명이 누구 것인지 확인해야지.'

아란은 생각했다.

"자! 여기 휘슬의 생명이다!"

로즈가 말하였다. 휘슬의 생명은 회색이었다.

"어? 왜 회색이지?"

아란이 묻자 그래이프가 말하였다.

"휘슬은 마스터이자 천사인거지. 이참에 모두 설명해 주지. 회색은 마스터이자 천사, 남색은 마스터이자 악마, 하양은 천사, 검정은 악마, 노랑은 달빛의 공주, 보라는 어둠의 공주를 나타내지."

'그럼...... 아까 내가 본 예쁜 공기 덩어리가 어둠의 공주라구? 과연 누구일까? 정말 궁금하다! 내가 아는 링링일까?'

아란은 호기심찬 눈빛으로 생각 했다.

"삑!"

순간 로즈가 휘슬의 유리관에 있는 파란 버튼을 눌렀다. 파란 버튼을 누르자 밑에 있는 구멍으로 휘슬의 생명이 나와 휘슬의 몸 속으로 들어갔다.

"휘슬! 괜찮니?"

아란이 깨워보았다.

"안돼! 아직은 안돼! 휘슬은 일주일간 푹 쉬어야 제대로 돌아와."

그래이프가 말했다.

"우선 침실로 들어가자."

로즈가 말을 하고 휘슬을 번쩍 들었다. 그리고 들어온 곳과 반대 방향으로 갔다.

"어? 저 포스터 좀 으스스하다."

아란이 벽을 가리키며 말하였다.

"뭐? 난 아무것도 안 보이는데?"

그래이프가 말하였다.

"난 보이는데."

아란이 말하자 로즈가 물었다.

"어떤 그림인데?"

"음……. 눈과 귀는 악마 같은데 날개는 천사야. 그리고 이렇게 써져있어. 'Fallen Angel' 이라고.. 그보단 날개에 십자가가 꽂혀 있어!! 꺅! 너무 무서워!!!"

아란은 말하다가 주저앉아 얼굴을 파묻고 바들바들 떨고 있었다.

"그건 너의 예언일지도 몰라."

그래이프가 아란을 보며 말하였다.

"아! 우선 계속 가자구!"

로즈가 말하였다.

아란은 다시 포스터를 보았다. 점차 소름 끼치기 시작했다.

"으... 빨리 가자..."

아란이 달리기 시작했다.

"살려주세요!!"

어디선가 목소리가 들려왔다.

"어? 저기 있는 유리기둥 안에 사람이 있네?"

아란이 말했다.

"살려주세요!"

다시 한번 목소리가 들려왔다.

'저거...... 태비의 목소리랑 비슷한데...'

아란이 곰곰이 생각하고선 로즈에게 물었다.

"로즈, 저기 기둥 안에는 보통 누가 갇히지?"

"죄를 지은사람이 갇혀. 보통 반역을 하려다가 블랙홀에 빠진 사람이 저 기둥에 갇히는게 대부분이야."

로즈가 귀찮은 듯이 말했다.

"반역! 헉! 태비!!!"
아란이 순간 기둥쪽으로 달려갔다.
"아란! 휘슬은?"
그래이프가 말하였다.
"휘슬은 내가 눕혀놓고 올게. 그래이프 너는 아란을 맡아. 아란이 저기에 태비가 있다는 것을 알아 첸 것 같아."
로즈가 말하고는 침실로 뛰어갔다.
"아란? 아란! 살려줘!"
태비는 어떤 악마와 함께 갇혀 있었다.
"악마가 내 옆에 있어! 내가 언제 죽을지 몰라!"
태비가 소리쳤다. 옆에 있는 악마는 누군가를 째려보았다. 확실히 태비는 아니다.

'어떻게 해야하지?'
아란이 생각하고 있는 도중 악마가 말하였다.

"그래이프! 너는 여기에 왜 있는 것이냐! 너는 마계인이 아니더냐!"
"어이, 날 잘 모르시나 본데, 그렇게 막말하지 말라구. 난 너가 누구인지 아니까. 너가 죽으면 너의 진짜 생명을 넣어주지.

너의 진짜 생명은 악마라구! 악마로 변하고 싶나?"

그래이프가 입놀림을 하였다.

"내가 죽을 것 같더냐!"

악마가 말하였다.

"어리석은 링링 같으니라구."

그래이프가 말하였다.

"그렇담 나의 진짜 모습을 보여주지."

악마는 힘껏 날아올랐다. 그리고는 빛을 뿜기 시작했다.

"아!"

순간 아란의 눈에 쇠팔지와 쇠발지가 달린 십자가가 눈에 띄었다.

"이거다! 에잇!"

아란은 있는 힘껏 빛을 내뿜고 있는 악마에게 십자가를 던졌다.

"안돼! 아란!"

휘슬을 눕혀놓고 온 로즈가 힘껏 소리쳤지만 이미 늦은 상태였다. 아란이 던진 십자가는 정확히 악마의 날개에 꽂혔고 던지는 힘이 너무 쎄서 날개에 꽂힌 십자가가 바닥에 꽂혔다. 그리고 십자가에 달려있던 쇠팔지와 쇠발지가 저절로 악마의 팔과 발에 채워졌다.

“아……아…… 그래이프 네가 말했던 것이 이런 것 이었더냐?”

악마가 말하였다.

“헉! 날개가….아깐 악마날개였는데…..”

아란이 주춤거리며 말하였다. 왜냐하면 그 악마의 날개가 천사의 날개로 변해있었기 때문이었다.

“이 악마는 원래 천사였는데 변장을 하고 있었던거야. 우리가 오자 천사로 변하려고 했지만 너가 던진 십자가 때문에 끝까지 못 변하고 이 날개만 변한거야.”

로즈가 아란을 째려보며 말하였다.

“허…….억…….근데……..지금 이 장면……. 아까 그 포스터 그림이랑 너무 똑같아!! 아악!”

아란이 바닥에 주저앉아 떨었다.

“내가 말했지? 넌 죽을거라고……..어차피 너는 악마로 태어났어야 했어.오로니아젤.”

그래이프가 날개만 천사인 악마에게 속삭였다. 그리고는 바로 옆에 있는 오로니아젤의 유리관의 파란버튼을 눌렀다.

오로니아젤의 유리관에는 검정색 공기 덩어리가 있었다.

“그래이프…… 왜 오로니아젤의 버튼을 누르지? 설마 이 악마가……… 오로니아젤 이었던 것은 아니겠지?”

아란이 어느새 일어나 말하였다.

"맞아. 오로니아젤이야."

로즈가 그래이프 대신 말하였다.

"어차피 오로니아젤은 악마였으니까. 천사면 이미 작은 벌레로 변장했겠지. 하지만 오로니아젤은 악마로 변장을 했잖아? 살다 살다 이런 일은 처음이다."

그래이프가 말하였다.

"그런데... 휘슬은 괜찮을까?"

아란이 말하였다.

"바보같은 녀석."

어느센가 휘슬이 벽 뒤에 숨어서 아란을 보며 말하였다. 하지만 휘슬이 뒤에서 보고 있다는 것을 눈치채지 못했다.

"주르륵."

"똑."

뒤에서 보던 휘슬이 눈물을 흘렸다.

"어? 눈물이다!"

로즈가 뒤를 돌아보았다.

"휘슬?"

아란이 보며 말하였다.

"이거 뭔가 이상하게 돌아가고 있어..... 그래이프, 무전기 받아. 내가 휘슬 잘 있나 볼 테니 너는 아란이랑 휘슬을 붙잡고 있어."

로즈가 침실로 튀어가며 말하였다.

"휘슬..............."

아란은 휘슬에게 다가갔다.

"안돼! 오지마. 제발!!"

휘슬이 손과 발을 뒤로 숨기며 말하였다. 몇초 후 휘슬은 갑작스럽게 넘어졌다.

"그만해요! 제발 절 놓아주세요!"

휘슬이 뒤를 보며 말하였다.

아란이 살짝 다가가보니 휘슬은 손과 발이 쇠사슬로 단단히 묶여 있었다.

"아란.......... 이 구슬을 휘슬 뒤에 던져. 너만이 진짜 휘슬을 구해야 해."

뒤에 쓰러져 있던 오로니아젤이 말하였다.

"이걸 던져?"

아란이 말하자 그래이프가 그 구슬을 빼어서 휘슬 뒤에 던졌다. 갑자기 구슬이 공중에서 돌더니 어떤 형태가 나타났다. 블랙마녀였다. 블랙마녀가 쇠사슬로 묶인 휘슬을 뒤에서 조종하고 있었다.

"아란…………가짜 휘슬에게 속으면 안돼….. 제발……."

순식간의 일이었다. 블랙마녀가 천장에 포탈을 열고 가버린 것이다. 휘슬이 서있던 자리에서는 천사 털이 있었다.

"아…… 아직 휘슬은 악마가 되지 않았구나…. 난 그것도 모르고…… 가짜 휘슬을 돌보다니!"

아란은 눈을 번뜩이며 칼을 들었다. 그리고는 가짜 휘슬이 누워있는 침실로 향하였다.

"뭐하려는 거야? 아란, 누가 진짜 휘슬인지 모르잖아."

그래이프가 아란의 어깨를 잡으며 말하였다.

"우선 끝까지 가 보자고………. 솔직히 멸망의 전쟁이 시작될 때도 생각했어. 원래 천사를 악마로 바꾸려면 적어도 한 시간은 걸리는데 멸망의 전쟁은 휘슬이 잡혀간 뒤 10분 후에 시작했어. 그 곳엔 악마로 변한 휘슬이 있었고…. 변하는 게 너무 빠르지 않아?"

아란이 그래이프의 손을 뿌리치며 말하였다.

“그래서 침실에 누워있는 휘슬은 누구란 말이야?”

그래이프가 말하였다.

“복제된 링링이겠지.”

아란이 말하였다.

“으음........... 앗! 아란! 너 옆에 있는 젠 뭐야?”

유리조각에 쓰러져있던 태비가 깨어나 그래이프를 손가락으로 가리키며 말하였다.

“아....... 태비 너는 처음보는 구나? 얘는.........”

아란이 그래이프가 마계인이라는 것을 알리려고 하자 그래이프가 눈빛으로 아란이 말을 못하게 하였다.

“어뷰 ! 어브브...”

아란은 말을 하려고 했지만 그래이프의 눈빛마법 때문에 말을 할 수가 없었다.

“나의 정체는 너만 알아야해....”

그래이프가 아란이게 귓속말을 하였다.

“그래이프는..... 그냥........음.........내 친구야! 친구! 천사편이야!”

아란이 말을 할 수 있게 되자 태비에게 거짓말을 쳤다.

“치....친구? 친구...........10년만에 처음 들어보는 단어야............ 왜 나는 친구라는 것을 몰랐을까........... 이렇게 가까이 있었는데....”

그래이프가 고개를 숙이며 말하였다.

“주르륵. 똑.”

그래이프가 처음으로 눈물을 흘렸다.

“우린......... 그럴 수 없었어....... 링링들은..........친구라는 게......... 있구나.........”

어느새 로즈가 와서 말하였다.

“어.......어이, 친구들, 왜 울어?”

태비가 말하였다.

“아......... 태비구나....... 난 로즈고 이 옆에있는 애는 그래이프야...”

로즈도 눈물을 흘리며 말하였다.

“........... 자. 어서들 가짜 휘슬을 죽이러 가자!”

아란이 분위기를 바꿔놓았다.

“가짜휘슬?”

태비가 묻자 아란이 건성으로 대답했다.

“뭐...... 그런게 있어. 자세한 건 묻지마. 언젠간 알 게 될 테니까.”

‘터벅 터벅.’ 아란이 앞장서서 걸었다. 휘슬의 방에 거의 다 도착하자 아란의 눈빛이 변했다. 고양이 눈은 아니지만 눈이 붉은 색으로 변했다. 아란의 친구들은 그것을 알아채지 못하였다.

"다 왔군."

아란이 말하였다. 순간 아란 주위에 어둠이 생기더니 아란의 머리카락이 노랗게 변하고 순식간에 짧아졌다. 게다가 옷까지 바뀌었다.

"아란! 너.................. 음.... 하기야 뭐, 아란도 언젠간 알게 될 테니까. 자신의 생명의 정체가 뭐인지........"

로즈가 아란을 부르려다가 말았다.

"에잇!"

아란이 휘슬을 찔렀다. 어디를 찔렀는지 모르겠다. 순간 아란이 휘슬을 보며 의자에 털석 앉았다.

"도데체........ 난 왜 자꾸 링링들을 죽이게 되는 것일까?"

아란이 피가 묻은 칼을 보며 말하였다.

"아란. 그 행동이 너의 진실된 모습이야."

그래이프가 힌트를 주듯이 말하였다.

"이게 나의 진실 된 모습이라면...... 난 나쁜 천사인거야?"

아란이 묻자 로즈가 답답하다는 듯 대답했다.

"아휴. 아직도 모르겠니? 너의 생명은 예상치 못한 곳에 있다고."

"예상치 못한 곳이라............ 혹시 내가 모르는 비밀이라도 있니?”

아란이 빨간 눈으로 로즈를 째려보며 말하였다.

“아……아니, 그런거 없어. 마음대로 말하지마. 어차피 알게 될 테니까.”

로즈가 말하였다.

“언제?”

아란이 물었다.

“너가 죽을때, 그 때 알 수 있어. 너의 진실 된 모습을.”

그래이프가 말하였다.

“죽을때? 그럼……………정리해 보자면, 나의 생명에 문제가 있는거니? 예를 들면 내가 원래 마스터 였다 던가…”

아란이 말하였다.

“너가 예상치 못할거야. 그러니까 그런 생각은 접는 것이 좋겠어.”

로즈가 말하였다.

“톡.”

칼에서 피가 떨어졌다.

“나.. 여기 있기 싫어. 어서 진짜 휘슬을 찾자.”

아란이 말하였다.

“아…….아란이……..정말 악마였다니!”

태비가 중얼거리며 뛰쳐 나갔다.

"태비 어디가?"

아란이 묻자 태비는 소리 질렀다.

"반역 같은 거 안 할 테니까 따라오지마!"

태비가 아란의 눈 앞에서 사라졌다.

"또 배신하진 않겠지."

아란이 말하고선 앞으로 걸어나갔다. 아란은 아직도 자신이 악마로 변한 것을 모르고 있었다. 거의 입구가 보일 때쯤 이었다.

'아! 그 예쁜 생명이다! 그런데 이 생명이 어둠의 공주를 나타내는 것이라니... 이름을 좀 확인해 볼까?'

아란이 생각하면서 이름을 보았다.

순간 아란은 아무말도 나오지 않았다. 움직일 수 도 없었다. 아란이 손을 부르르 떨었다.

"아란, 뭐해! 어서........... 아란?"

그래이프가 아란을 돌아보며 말하였다.

"알아챘군."

로즈가 말하였다.

"내가 예상치 못한 생명이 이거였어? 내가 죽으면 악마로 되길 원했냐구!"

아란이 말하였다. 어둠의 공주 생명이 들어있는 관에 붙어있는 이름은 이렇게 써져 있었다.

'아란의 생명.'

"원한 것이 아니지. 우리에게도 한계라는 것이 있다고."

그래이프가 아란에게 다가가며 말하였다.

"혹시 그것은 아나? 지금 너가 악마로 변해있다는 것을."

로즈가 턱을 치켜들며 말하였다.

"뭐?"

아란이 관 옆에 있는 거울을 들여다 보았다.

"허....허억.....지금 이게 나의 모습이야? 하지만, 고양이 눈은........ 아니잖아."

아란이 고개를 숙이며 말하였다.

"너의 생명이 악마라는 징조지. 너는 악마에 중독된 것이 아니야. 그저 너의 모습이 잠깐 들어난 것 뿐이야."

그래이프가 말하였다. 그때 로즈가 말에 끼어들었다.

"이제 알겠니? 왜 태비에게 우리들의 정체를 알려주지 말라고 했는지?"

"그래, 이유가 뭐지?"

아란이 말하자 그래이프가 말하였다.

"태비는 천사잖아. 우리는 마계인이고. 아마 태비가 우리 정체를 안다면 죽이려고 달려 들었을 꺼야. 넌 너의 생명이 악마라서 우리가 누군지 모른거고. 넌 속은거였어."

"난..........속아도 괜찮았어. 이미 모든 것을 알고 있었으니까. 마계인의 뜻은 마귀를 계산하는 사람. 마귀를 계산한다는 것을 유리의 성 말로 바꾸면........."

아란이 말하려던 참에 로즈가 끼어들었다.

"마귀를 순종한다. 그래, 너는 모든 것을 알고 있어. 그런데 왜 우리를 죽이지 않은거지?"

"...........친구니까.........친구는 정말 아름다운 현상이야. 아무리 악마편이라 해도 나는 알았어. 너희가 나의 친구가 될 것이라는 예언. 그리고........친구가 되면, 너희들은 날 죽이겠지. 자신의 편이 되려면...........죽여. 후회하지 말고 죽여. 난 이제 살인자야. 난 더 이상 링링들을 죽이고 싶지 않아. 차라리 내가 죽겠어."

아란이 말하였다.

아란은 더 이상 마계걸즈와 눈을 마주치지 않았다. 눈을 마주치면 눈물이 멈추지 않을 것 같았기 때문이다.

"후회하지 않아. 너가 있어서 난 처음으로 친구의 힘이란 것을 알았어."

마계걸즈가 동시에 말하였다.

"널 죽이지 못해. 내 손이 널 죽여도 나의 마음이 널 죽이는 것은 용서 못해."

로즈가 말하였다. 로즈도 아란의 뒷모습을 보지 않았다. 역시 같은 이유일까. 로즈가 서있는 바닥에는 눈물 몇 방울이 떨어졌다.

"만나면..........이별이란게 있지."

그래이프 역시 아무와도 눈을 마주치지 않았다.

"휘슬을 구해야해."

아란이 말하자 로즈가 아란 앞에 포탈을 열어주었다.

"들어가."

그래이프가 말하였다.

"안녕."

아란이 짧게 말하였다. 하고 싶은 말이 있는데........ 그럴 수 없었다. 눈물이 흘러서 더 이상 말할 수 없었다.

"이별이란 건 곧 시작이야."

로즈가 말하였다.

"바보..........멍청이...........멍텅구리. 차라리 만나지 말지 그랬어."

그래이프가 말하자 아란이 말하였다.

"후회하지? 그래....... 친구란 건 항상 후회로 끝나는 법."

"휘슬을 꼭 찾아! 못 찾으면 정말 멍텅구리다!"

로즈가 말하며 아란을 보았다. 로즈는 활짝 웃었다. 하지만 그래이프는 여전히 아란을 보지 않았다. 아란은 알고 있었다. 그래이프는 더 이상 눈물을 멈출 수 없다는 것을.

"안........녕."

그래이프가 한참 후에야 말을 꺼냈다. 역시 아란을 보진 못했다.

"다시 만날 날이 있겠지? 그럼....... 나 갈께."

아란이 말하였다. 아란도 눈물이 더 흐르기 전에 포탈로 발을 내디뎠다.

"잘가. 친구."

그래이프가 말하였다. 아란은 그 말을 듣지 못하였다. 그 포탈은 순식간에 다크도어로 데려다 주었다.

'여기선 소리치면 안돼. 여기서........ 마계걸즈가 없었다면.......난 지금 여기에 다시 올 수 없겠지.'

아란이 생각하는 순간 눈물이 떨어졌다.

"휘슬. 이젠 넌 이제 악마가 되어야 해. 너가 진짜 살아있는 것을 아란이 알았기 때문이다."

블랙마녀가 쇠사슬로 팔 다리가 묶인 휘슬을 끌고 가고 있었다.

"똑."

아까 마계걸즈 생각 때문에 흘린 눈물이 지금 떨어졌다. 아란은 눈물 한 방울 밖에 떨어지지 않았는데 어느새 우주 공간으로 와 있었다.

"어? 달이 한 개야?"

아란이 놀란 듯 소리쳤다.

"넌 오로니아젤을 죽였어. 그렇지?"

순간 실에서 목소리가 뿜어져 나왔다.

"난 몰랐어."

아란이 말하자 목소리가 아주 큰 목소리로 말하였다.

"그것은 핑계야! 너 때문에 나밖에 안 남았어."

"나도 그러고 싶지 않았어."

아란이 말하였다.

"넌 여기에 영원히 갇히리라!"

목소리가 말하며 모습을 드러냈다.

"당신이 결정한 일입니다. 당신은 휘슬을 구할 수 없습니다."

모습을 드러낸 목소리는 부드러운 표정을 보이며 말했지만 아란은 그 표정은 억지로 지은 표정 같았다.

"전 결정한 적 없어요."

아란이 말하자 목소리가 말하였다.

"당신이 결정 한 것이 아니라면 혼자 나오세요. 진짜 당신이 결정한 것이 아니라면 나올 수 있을 텐데요."

순간 목소리의 표정이 바뀌었다.

"난......... 할 수 있어. 어떻게 해서든 나갈 꺼야!!"

아란이 말하였다.

순간 손에 저절로 그래이프의 봉이 쥐어졌다. 그리고 그래이프의 목소리가 나왔다.

"우주에 갇히거든 내 봉을 사용하도록 해. '노이블 마블렛!' 이라고 외치면 되."

"그래이프........ 마지막까지 잊지 않았구나. 비록 너가 악마라도 난 괜찮아! 우린 영원한 친구야! 고마워! 그리고......... 난 너의 봉을 사용할 수 없어! 미안해!"

아란이 말하였다.

말을 마친 후 봉을 던졌다. 봉은 아란의 손에서 떨어지자 마자 가루로 변해 사라졌다.

'나도 나가고 싶어. 하지만........ 내가 너의 봉을 사용하면 목소리는 너가 악마라는 것을 알게 되고 넌 죽어. 친구를 죽게 놔 둘 순 없어. 난 꼭 내 힘으로 나가야 해. 그런데........휘슬이.....'

아란은 눈물을 흘렸다.

"퐁당....."

역시 우주 밖으로 나와 있지 않았다.

"흠. 마침 악마로 변하려는 한 인간이 있군. 너도 1시간 후면 이렇게 될 것이다."

목소리가 든 구슬 안에는 한 남자가 있었다.

그 남자의 날개는 유리로 변하였다. 조금이라도 움직이면 날개 유리조각이 떨어졌다. 아란은 아주 놀랐다. 남자의 날개 때문이 아니었다. 그 남자는 태비였기 때문이다. 곧 악마날개로 변하였다.

"태비마저 악마로........ 이젠 휘슬을 구할 사람은.......아니, 링링은 나밖에 없어."

"주르륵."

아란의 눈물이 흘렀다. 눈물이 떨어졌다. 하지만 끝까지 떨어지지 않고 가운데서 눈물이 빙빙 돌더니 그래이프의 얼굴이 흐릿하게 보였다.

"난 뱀파이어잖아. 난 안 죽어. 그러니까 내꺼 봉 써."

어느새 아란의 손에 그래이프의 봉이 쥐어졌다.

"맞다........넌 뱀파이어 였지.....그래. 이번만 봐줘. 미안."

아란이 봉을 또 던졌다.

"이번엔 꼭 나의 힘으로 나가겠어. 만약 너의 봉을 주려면 차라리 여기 나와서 협동해줘!"

아란이 흐릿흐릿 하게 보이는 그래이프를 보며 말하였다.

"난......... 갈 수가 없어. 그럼 힌트라도 줄께."

그래이프가 침묵을 하더니 곧 말을 이었다.

"달의 한 가운데를 공격해. 그럼 달빛의 실이 널 구해 줄 꺼야. 난 널 믿어."

그래이프가 말을 남긴 뒤 순식간에 사라졌다.

"좋아……………..달이 꽤 높지 않……. 네……"

아란이 고개를 떨구었다.

"이 우주에 갇혀있었던 달은 얼마나 고통스러울까. 답답하고…………나가고 싶겠지……."

아란이 말하던 순간 아란의 화려한 옷이 발레리나 옷처럼 단순해 졌고 머리카락도 짧아졌다. 하지만 노란색 머리카락으로 변하지 않았다. 머리카락은 검정색으로 변하였다. 그리고 달에서 빛이 뿜어져 나왔다. 그 빛 사이에선 달빛의 실이 나왔다. 아주 두꺼웠다.

"아! 그렇구나! 그래이프가 말한 달의 한가운데를 공격하란 뜻은 달의 닫은 마음을 움직이라는 뜻이었어!"

달빛의 실이 아란을 감쌌다.

"당신이 나의 마음을 움직이게 해 주었군요."

달빛의 실이 말하였다.

"당신은 정말이지……….아팠군요……."

아란이 말하였다. 그때 아란도 함께 울었다.

“맞아요...... 마음을 닫았었어요.......”

달빛의 실이 말하였다.

“그러면 저를 내보내 주세요.....”

아란이 말하자 아란을 꽁꽁 묶었던 달빛의 실이 풀어졌다.

“힘껏 뛰어오르세요.”

달빛이 아란의 주위를 빙빙 돌며 말하였다.

“흐잇!”

아란이 높이 뛰어 올랐다.

순간 달빛의 실이 아란의 몸을 감쌌다.

“겔러리 시티의 공주 ‘하루이’를 찾으세요. 아마도 지금쯤 학생으로 변장을 하고 있을 거예요. 휘슬에 대한 정보를 알려줄 겁니다. 휘슬이 악마로 되기 전에 정보를 얻어야 해요. 남은 시간은 지금부터 24시간. 당신은 마음이 바뀔 때마다 모습이 변한다는 것을 잊지 마세요. 참! 그리고 하루이를 믿으세요. 어떤 모습으로 변하든 믿으세요.”

달빛의 실이 말하였다.

“그럼 안녕히.....”

아란이 말하였다.

"하아아.......하루이라.......학생으로 변장이라면 학교에 있겠지?"

아란은 겔러리 학교에 달려갔다.

"당신이지? 당신이 날 찾는 거지?"

순간 뒤에서 아란을 붙잡고 끌었다.

"누.... 누구야?"

아란은 놀란 듯 눈을 동그랗게 뜨며 말하였다.

"나? 하루이. 지금 뛰어가지 않으면 24시간 내에 휘슬을 구하지 못해. 그러니까 따라와."

아란은 너무 놀랐다. 하루이를 이렇게 빨리 만날 줄을 몰랐던 것이다. 하루이는 걸음에 점차 빨라졌다. 몇초 후 아란이 따라갈 수 없을 정도로 하루이는 세게 달렸다. 아란은 숨을 몰라쉬며 생각했다.

'내가 하루이를 믿어도 되려나?'

그때였다. 순간 하루이가 멈추었다. 그 후 갑자기 하루이의 몸이 변하더니 이상한 괴물로 변하였다.

“캬캬캬! 내가 아직도 하루이로 보이느냐! 하루이를 보지 말고 이루하를 봐! 캬캬! 거꾸로 봐! 영원히!! 캬캬캬캬!”

아란은 갑작스럽게 변한 하루이 때문에 엄청난 충격을 먹었다. 순간 무슨 말이 스쳤다.

‘아까.... 달빛의 실이 뭐라고 했지? 믿으라고? 저 괴물을 어떻게 믿어! 그런데....... 어떤 모습으로 변하든... 믿으라고 했는데..... 아!’

아란이 위를 올려다 보았다. 괴물이 칼을 들고 아란을 찌르려고 했다. 그 때 아란은 자기도 모르게 말을 하였다.

“자.... 잠깐! 나! 너 믿을께! 그러니까 빨리 하루이로 돌아와! 진짜 하루이로! 믿어 줄께! 영원히!”

아란은 눈을 질끈 감았다. 주위가 조용해지자 눈을 슬쩍 떴다. 아란은 그 순간이 너무 기뻤다. 이루하가 이닌 하루이가 서 있었기 때문이다.

“정말이지? 영원히 믿어줘.”

하루이가 말하였다. 아란은 하루이 말에 고개를 몇 번이고 끄덕였다.

“응! 우리 어서 휘슬을 찾으러 가자!”

그때 아란은 생각했다.

'이게 믿음의 힘........'

"쉿! 아무말도 하면 안되. 무슨 말을 하면 마녀들이 너를 잡아 갈꺼야."

하루이가 아란에게 귓속말을 하였다. 하루이 말대로 마녀들이 날아다녔다.

"우리의 모습은 보여도 되니까 마녀들의 말에 대답만 하지 마."

하루이가 차분하게 말했지만 어딘가가 강력하게 느껴졌다.

"호호호! 여기 인형이 있네? 인형아, 넌 어디서 굴러 들어왔니? 오호호호! 말해봐 인형아."

하루이의 말이 끝나기 무섭게 마녀들이 달려와 말을 했다. 아란은 인형 취급 받는 것이 싫어서 마녀들에게 말대꾸를 해 주고 싶었지만 하루이가 한 말이 마음에 걸려 입을 꼭 다물었다.

"이 더러운 인형아! 어서 말하지 못하겠니? 말을 안 할 테면 망치로 너를 갈기갈기 부숴 줄 꺼야!"

마녀들이 여러 가지 협박을 했지만 아란과 하루이는 넘어가지 않았다. 어차피 자신의 몸을 부숴 봤자 얻을 것이 하나도 없기 때문이다. 하지만 아란은 끝내 말을 하고 말았다.

"휘슬!"

휘슬은 블랙마녀와 함께 빗자루를 타고 다녔다. 휘슬은 얼굴이 창백하고 손에 쇠사슬이 묶여 있었다.

"아.....란......."

휘슬이 아란을 힘없게 불렀다.

"까하하하! 인형이 말을 했다! 인형이 말을 했다! 갈기갈기 찢어 먹어치우자! 후하하하!"

한 마녀의 말에 마녀들이 순식간에 아란을 향해 달려들었다.

"이 이상 어쩔 수 없군! 바보, 아란!"

하루이는 주먹을 세게 쥐더니 어떠한 봉을 꺼냈다. 그리고 외쳤다.

"노이블 마블렛!"

그 봉은 하루이 것이 아니었다. 그래이프의 봉이었다. 그래이프가 쓰던 주문도 똑같았다. 하지만 아란은 하루이가 그래이프의 봉을 쓰는지도, 그래이프의 주문을 외치고 있는 지도 몰랐다. 그 주문은 휘슬과 블랙마녀 빼고 모두 죽였다.

"자! 어서 타지! 휘슬을 구해야지?"

하루이는 그래이프의 봉을 아란 몰래 슬쩍 넣었다. 그리고 아무렇지도 않게 마법 빗자루를 탔다. 하루이가 빗자루를 타고 날자 아란도 허겁지겁 빗자루를 타고 날았다. 중심잡기는 꽤 쉬웠다.

"블랙마녀를 쫓아!"

하루이가 말하였다. 아란은 잽싸게 블랙마녀를 쫓았다. 아란이 블랙마녀를 잡으려 하자 하루이가 아란을 덥석 잡고 뒤로 끌었다.

"이 바보야! 그렇게 무작정 공격하면 휘슬이 다쳐! 나에게 방법이 있으니 잘 들어! 우선 넌 위에서 몰래 블랙마녀를 쫓아가다가 내가 신호를 보내면 그때 블랙마녀를 향해 달려들어. 그리고 블랙마녀가 빗자루를 거꾸로 해서 막으면 그때 넌 멈춰. 그리고 휘슬은 쇠사슬이 묶여 있으니까 빗자루에서 떨어지겠지. 그때 내가 밑에서 휘슬을 잡을게."

하루이가 말을 마치자 블랙마녀의 밑으로 날아갔다. 아란은 블랙 마녀의 위로 올라갔다. 그리고 몰래 쫓아가며 하루이의 신호를 기다렸다. 아란이 블랙마녀와 속도를 잘 맞추자 하루이가 신호를 보냈다. 아란은 하루이의 신호에 따라 블랙마녀를 향해 밑으로 돌진했다.

"블랙마녀! 죽어라!"

예상대로 블랙마녀는 빗자루를 거꾸로 하여 아란을 막아냈다. 아란이 블랙마녀 앞에 멈춰서서 씨익 웃었다. 아란의 웃음을 이상하게 느낀 블랙마녀가 뒤를 돌아보았다. 뒤에는 이미 휘슬이 없었다. 그 때 아란이 미리 준비해 둔 마녀의 망치로 블랙마녀의 머리를 세게 쳤다.

"으아악!"

블랙마녀는 여지없이 빗자루에서 떨어져 나갔다.

"하루이! 내가 블랙마녀를 해치웠어!"

아란이 웃으며 아래를 내려다 보았다. 하루이는 휘슬과 함께 웃고 있었다. 아란은 빗자루에서 내려와 휘슬을 안았다. 휘슬도 눈물을 흘리며 아란을 안았다.

"그런데..... 태비는?"

휘슬이 묻자 아란이 무뚝뚝하게 말하였다.

"태비는 우릴 배신했어."

"아니야."

아란의 말에 하루이가 끼어들었다.

“태비는 배신한게 아냐. 믿음의 힘이 없는 거지.”

하루이가 말하였다.

“그게 무슨 말이야?”

“네가 유리의 성에 있었을 때, 태비는 악마로 변한 너를 보고 도망치다가 태비가 악마로 변한 거잖아. 태비는 너를 믿지 않은 거야.”

하루이의 말에 아란은 구슬 안에서 본 악마로 변하고 있던 태비가 떠올랐다.

“그렇구나……… 믿음이 정말 중요하구나………”

아란이 주저앉으며 말하였다.

“믿음의 힘이 가장 중요해. 아란, 힘들어도 우리 모두를 믿고 가자. 그동안 못 깬 미션이 너무 많아. 제크는 벌서 거의 다 깼을 걸.”

휘슬의 말에 아란은 휘슬을 위해 했던 일이 스쳐 지나갔다.

‘난……. 충분히 노력 한 거야……..’

아란은 생각했다. 아란은 순간 가슴이 먹먹 해졌다. 아무리 자신이 자신에게 한 말 이라도 휘슬이 없는 동안 아란은 한 순간도 자신이 노력을 했다는 것조차 몰랐다. 하지만, 이제야 자신의 진짜 모습을 들여다 보는 듯 하였다. 아란은 자신이 이런 말을 할 수 있는지 조차도 몰랐기 때문에 더 가슴이 먹먹해졌다.

"아란............ 고마워."

휘슬이 말하였다. 아란은 휘슬의 말에 더욱 눈물이 났다. 기어코 아란은 눈물을 흘렸다. 이번만큼은 눈물을 닦고 싶지 않았다. 자신이 자신을 인정한 이 순간. 이 순간만큼은 그대로 있고 싶었다. 아란은 그제 서야 깨달았다. 자신이 이 순간을 기다려 왔음을.

'왜 난 몰랐을까? 내가 나를 믿고 있는지 왜 몰랐을까........이 순간 만큼은 내가 나를 믿을꺼야. 난 혼자서 해낼 수 있어. 난 나를 믿어.'

"난.........나를 믿어."

아란은 자신이 생각한 말을 다시 중얼거렸다.

"안녕."

하루이가 아란을 내려다 보며 말하였다. 그리고 순식간에 사라졌다.

"하루이!...........난 너한테 고맙다는 인사도 안했는데........"

아란은 지금까지 자신을 도와준 친구들을 생각해 보았다. 아란의 친구들이 없었다면 여기까지 올 수 없었을 것 이다.

"고마워."

아란은 휘슬의 손을 잡으며 말하였다. 아란을 도와준 친구들의 은혜까지 모두 담아 말한 말 이었다.

"나도 고마워. 정말 고마워."
휘슬도 아란의 손을 꼭 잡으며 말하였다.

'피슝'

하늘에서 빨간색 액체 덩어리가 떨어졌다. 그 덩어리는 마치 운석 같았다.

"이........이게 뭐야?"
아란이 말하였다.
"빨간색........ 레드......... 어디선가 많이 들었어."

휘슬은 벤치에 앉아 눈을 감고 생각에 잠겼다. 빨간색이 더욱 더 가까이 올수록 모양이 뚜렸해졌다. 빨간색 덩어리의 모양은 별모양이었다.

"헉! 빨간색 별이야! 무슨 일이지? 별이라면 무슨 시티가 생기려나?"

아란이 말하였다. 휘슬은 순간 예전에 태비가 했던 말이 생각났다.

"어떤 시티가 생기면 난 킹마스터가 못 되. 어떤 시티는 뭐였더라?"

그 때 하늘에서 이상한 책이 떨어졌다.

"어? 이 책........ 태비꺼잖아? 그래, 정보를 얻을 수 있겠다."

휘슬이 책장을 휘리릭 넘겼다. 넘기다 보니 한 장만 금색 종이였다. 한 쪽에는 짧은 글이 써져 있었다.

'레드 홀 시티가 생겼을 당시, 옆쪽에 있는 정령을 사용하라.'

휘슬은 마음 속으로 읽고 다음 페이지를 보았다. 옆 페이지에는 무로우가 있었다.

"무로우! 무로우가 언제 책장 속에 있었지?"

휘슬이 무로우를 외치자 금종이에서 빛이 나더니 무로우가 나왔다.

"어? 휘슬이네. 어서 안 피하고 뭐해? 곧 있으면 수천만개의 별이 떨어질 꺼야. 그리고 이 곳은 전부 피를 엎어놓은 것처럼 뒤집혀 놓을 거라고! 내가 책장에서 쉬는 동안 준비 안하고 뭘 했던거야?"

무로우가 다그치듯 말을 하였다.

"기다려......... 잠깐만, 잠깐만 기다려."

휘슬이 말하였다.

"늦었다! 모두 벤치 밑에 숨어!"

무로우가 말하였다. 휘슬과 아란은 벤치 밑에 잽싸게 들어갔다.

"피슝, 퍼퍼펑! 쿠콰쾅! 퍼펑!"

무로우 말대로 추천만개의 피가 들은 별이 떨어져 내렸고 별이 폭파하면서 별 안에 있던 피가 나와 휘슬과 아란의 목까지 차올랐다.

"안되겠어."

휘슬이 나왔다.

휘슬이 나오자마자 휘슬 머리위로 별이 떨어지고 있었다.

"자.. 잠깐! 스톱! 일시정지!"

휘슬은 눈을 감으며 말하였다. 휘슬의 머리 위로는 아무것도 떨어지지 않았다. 휘슬이 살며시 눈을 떴다. 휘슬은 이 일에 그다지 놀라지 않았다. 태비도 복제마린이 나타났을 때, 이 마법을 썼기 때문이다.

"별이 하늘에 그대로 멈췄어!"

아란이 소리를 질렀다.

"마법의 책 덕분이야. 태비도 이 마법을 쓴 적이 있어서 한번 써 봤더니 되더라."

휘슬이 자신만만하게 말하였다.

"그런데…… 레드 홀 시티가 생겨난 이상 너는 킹마스터가 되지 못해."

무로우가 말하였다.

"근데……. 나 좀 궁금한게 있어. 레드 홀 시티가 생겨나면 왜 안 되는 건데?"

휘슬이 묻자 무로우는 모른 다는 듯 머리를 긁적이기만 했다.

"그런데 레드 홀 시티만 생겨났을까?"

아란이 말하였다.

"아! 좋은 생각이 났어. 우선 아란 말대로 다른 시티가 있는지 알아봐야겠어. 무로우, 나와 아란을 우주로 대려다줘."

휘슬이 말하였다.

"좋아! 우선 이것부터 써."

무로우가 우주복을 주며 말하였다. 휘슬과 아란은 우주복으로 갈아입었다.

"얍!"

무로우의 기합에 순식간에 우주로 나와 있었다.

"허걱!"

아란이 놀라 자빠졌다. 갖가지 색의 시티가 블랙 홀 시티와 화이트 홀 시티 옆에 나란이 붙어 있었기 때문이다.

"이런 일은 처음인데. 좋아! 이정도면 됐어. 검, 흰, 빨, 주, 노, 초, 파, 남, 보. 이렇게 붙어있군."

휘슬이 웃으며 말하였다.

"이렇게 많은 시티가 생겨났는데 뭐가 좋다는 거야? 이러다간 너 정말 킹마스터 못 된다."

무로우가 말하였다.

"못 되기는, 합치면 되지."

휘슬이 말하였다.

"휘슬, 도대체 무슨 상상을 하는거야?"

아란이 말하였다. 휘슬이 우주복 을 벗었다. 휘슬의 시원한 체육복이 아란을 너무 답답하게 만들었다.

"뭐, 뭐야?"

아란은 너무 놀라 눈도 끔벅이지 않았다.

"걱정 하지 마. 숨은 쉴 수 있어. 그래, 이곳에 시티를 만들면 좋겠네."

휘슬이 팔을 벌리고 숨을 들어마시며 말하였다. 답답한 아란도 결국 우주복을 벗었다.

"어? 어떻게 우주안에서 숨을 쉴 수 있지?"

아란이 궁금해하자 휘슬이 웃으며 말해주었다.

"솔직히 지금까지 나만 알아온 비밀이 있어. 지금 우리가 숨을 쉴 수 있는 이유는 꼬망별 때문이야."

"꼬망별?"

"그래, 꼬망별은 우리에게 보이지 않을 만큼 작아. 그런데 그 꼬망별은 아주 특별한 성질을 가지고 있어. 꼬망별은 1초만에 1000km를 갈 수 있어서 1초마다 시티에 가서 자신의 몸에 공기를 넣어서 우주로 다시 가지고 와. 그리고 우주에서 어느 물체에 부딪히면 터지면서 공기가 나오게 되. 지금도 꼬망별들이 우리 몸에 닿아 터지기 때문에 우리가 숨을 쉴 수 있는거야."

휘슬이 말하였다.

"그런데 시티들이 많으면 왜 좋은건데?"

아란이 말하였다.

"새로운 시티를 만들어야지."

휘슬이 말하였다. 아란은 휘슬의 말에 충격을 받아 아무말도 할 수 없었다. 휘슬은 알고있었다. 새로운 시티가 만들어지는 순간 자신은 어디에도 없을 것 이라는 것을.

"어떻게 만들건데?"

무로우가 묻자 휘슬은 짧게 대답했다.

"비밀이야."

휘슬은 아란과 무로우 몰래 눈물을 흘렸다. 휘슬의 손에는 찢어진 금색 종이가 구겨져 있었다.

"안녕, 영원히."

휘슬은 들리지 않게 말하였다. 순간 금색종이에서 빛이 3초간 났었다. 금색종이도 휘슬의 생각을 읽은 것 일까?

"이제 킹마스터 시험 장에 가 보자!"

아란의 말이 끝나자 마자 무로우가 주문을 외웠다. 어느새 킹마스터 시험장으로 왔다. 킹마스터 시험장에는 제크도 와 있었지만 제크는 고개를 푹 숙이고 힘이 없어 보였다.

"오늘은 레드 홀 시티가 만들어진 관계로 킹마스터는 1년 후에 다시 뽑도록 하겠습니다."

한 심사위원이 말하였다. 휘슬은 큰 소리로 정정당당하게 말하였다.

"레드 홀 시티가 생기면 왜 안되죠? 이유는 뭔가요?"

"저..... 그게 그러니깐, 레드 홀 시티가 만들어지면 14명이었던 마스터가 21명으로 늘어요. 레드 홀 시티도 마스터들이 생길 테니 생기기 전에 없애야죠."

심사위원이 말하였다.

"마스터들이 많으면 뭐가 안 좋죠?"

휘슬이 당당하게 말하자 심사위원이 흠칫 놀라하며 말하였다.

"그 다음은 비밀입니다."

"곧 있으면 마스터들이 98명으로 늘겠네요."

휘슬이 말하자 심사위원이 충격을 받은 듯 하였다.

"98명이라뇨? 지금 생긴 시티는 레드 홀 시티 밖에 없습니다."

"아뇨, 방금 확인하고 왔어요. 검, 흰, 빨, 주, 노, 초, 파, 남, 보. 이렇게 시티들이 붙어있더군요."

휘슬이 말하자 심사위원은 결국 뒤로 넘어지고 말았다.

"그럼........ 계획이 틀어져 버리는데, 어떡하지?"

심사위원이 걱정하는 모습을 보고 휘슬은 더욱 눈썹을 치켜 올리고 말하였다.

"제가 오직 한 개의 시티로 만들어 드리죠."

"예? 뭐라구요? 제가 당신을 어떻게 믿나요?"

심사위원이 말하자 휘슬은 손에 쥐고있던 금종이를 꺼내어 심사위원에게만 슬쩍 보여주었다.

"좋아요. 사람들을 불러오죠."

심사위원이 금종이를 보고 끄덕이며 말하였다. 옆에 잠자코 있던 제크는 아무말도 할 수 없었다. 휘슬이 말한 말에 제크도 충격을 받은 듯 하였다.

"제크, 네가 나 대신 킹마스터가 되어줘."

제크는 휘슬의 말에 너무 놀랐다.

"무슨 말이야? 킹마스터는 너잖아."

제크의 말에 휘슬의 눈물이 빰을 타고 흘러내렸다.

"그 자리엔, 내가 없어. 영원히."

휘슬이 아란과 무로우에게 들리지 않게 말하였다. 제크는 자신이 킹마스터가 된다는 것이 기뻤지만 영원히 라는 말에 곤란해진 느낌이 들었다.

"와아! 킹마스터가 결정된다!"

사람들이 양떼처럼 몰려 들어왔다.

"자! 봉은 있겠죠? 모든 미션을 마쳤는지 확인 하도록 하죠."

심사위원의 말에 휘슬은 흠칫 놀랐다. 휘슬은 푸요가 어디있는지 모르기 때문이다.

갑자기 금종이에서 빛이 뿜어져 나왔다. 휘슬은 금종이를 보았다. 그곳엔 이렇게 써져있었다.

'믿어라. 모든 것을.'

"믿는다고? 그래........ 난 믿어. 나에게 푸요가 있다는 것을."

휘슬이 조용히 말하자 금종이가 푸요로 바뀌었고 바로 빛을 뿜어냈다. 천장에는 열쇠가 아무것도 없었다.

"좋아요. 미션을 모두 마친 것으로 하겠습니다."

심사위원이 말하였다. 심사위원이 눈치를 보내자 휘슬이 금종이를 높이 쳐들며 말하였다.

"난 이 종이로 큰 시티를 만들 것이다. 그 시티의 이름은 레인보우 시티! 내가 만들 것이다!"

"와아!"

사람들이 환호성을 질렀다. 환호성이 사라지자 휘슬은 다시 말을 이었다.

"숨결의 종이여! 나의 영혼을 빨아들이고 시티를 합쳐 달라!"

아란은 휘슬의 말을 듣고 깜짝 놀랐다. 무로우도 마찬가지였다. 아란은 휘슬에게 다가갔다. 휘슬은 금가루들에게 묻혀 잘 보이지 않았다. 아란은 휘슬이 곧 없어 질 것이라고 파악하고 외쳤다.

"가지 마! 휘슬! 안돼!"

휘슬의 몸이 거의 사라져 갈 때 즈음 휘슬은 작게 말하였다.

“난…………내가 살아날 것이라고 믿어.”

휘슬이 말을 마치자 휘슬은 흔적도 없이 사라졌다.

‘팔랑.’

휘슬이 있던 자리에는 금종이가 떨어져 있었다. 아란은 금종이를 껴안으며 말하였다.

“내가 왜 널 구했는 줄 알아? 사실, 너에게 숨긴 비밀이 있었어. 나…….너의 수호자였어. 수호자의 역할……너를 영원히 지키는 거야.”

아란이 말하자 금종이가 밝게 빛나더니 글씨가 써졌다.

‘고마워.’

아란은 금종이에 써져있는 글씨를 보고 울었다.

“톡.”

아란의 눈물이 금종이게 떨어졌다. 사실 아란은 알고 있었다. 그 금종이의 정체를. 그리고 사람의 눈물이 금종이에 닿으면 금종이에 들어갔던 사람 대신 자신이 다시 들어가게 된 다는것을……

"이게 내 운명이었나 봐."

아란은 말을 하였다. 아란의 몸이 금가루에 묻혔다. 1분 후, 금가루 속에서 한 사람이 나왔다.

"휘슬!"

킹마스터 의자에 앉으려던 제크가 놀라 뒤로 넘어졌다. 휘슬은 무언가를 꼭 쥐고 사람들 앞으로 나와 무언가를 높이 치켜들었다.

그 무언가는 목걸이었다. 그 목걸이엔 '믿음' 이라고 써져있었다.

"난 믿는다. 날 구해준 자가 돌아올 것을."

휘슬이 말하자 목걸이에서 금가루가 나와 사람의 형태를 만들었다. 그리고 그 안에서 아란이 걸어나왔다.

"콰콰쾅!"

갑자기 땅이 흔들렸다. 1분 후 흔들리던 땅이 멈췄다. 눈을 감고 있던 사람들이 눈을 떴다. 사람들은 뒤바뀐 시티의 모습에 감격하였다. 시티는 다양한 색깔로 물들여져 있었다.

"아란. 우리 함께 앉자."

킹마스터 의자의 폭이 워낙 커서인지 아란과 앉을 자리는 충분했다. 심사위원이 웃음이 번진 얼굴로 휘슬과 아란에게 다가가서 말하였다.

"이 두명의 킹마스터에게 박수!"

"짝짝짝!"

사람들이 휘슬과 아란을 향해 힘껏 박수를 쳤다.

"그럼, 믿음의 힘으로 나라를 잘 다스려 보기를!"

심사위원이 말하였다.

휘슬은 믿음의 목걸이를 반으로 쪼개었다. 한쪽은 아란의 목에 걸어주었다.

"고마워. 정말로 고마워."
아란이 눈물을 흘리며 말하였다.

"우리 성공한거지?"

휘슬도 울며 말하였다. 아란과 휘슬은 서로를 껴안고 다짐하였다. 이 시티를 영원히 다스리기를. 아란과 휘슬의 믿음의 힘은 영원히 기억 될 것이다.

휘슬과 아란은 모든 것을 영원히 다스릴 것이다.

지은이 최민지
펴낸이 채주희
초판 1쇄 발행 2014년 6월25일
펴낸곳 해피&북스
주소 서울시 마포구 신수동 448-6
출판등록 제10-1562호(1985.10.29)
전화 02-6401-7004
팩스 080-088-7001
이메일 elman1985@hanmail.net
값 10.000원